即使，這道淚光今晚就會從世界上消失

一条岬
林于婷——譯

目錄

「感覺綿矢學姊沒有談過轟轟烈烈的戀愛耶。」

在五月即將結束之際，學弟毫無惡意地如此對我說。

宛如宣告夏日來臨的日照輕拂，在逃離陽光的大學圖書館後方，空氣冰冷有些許寒涼。

他姓成瀨，是上個月才認識的，小我一屆的學弟。

不可思議的是他仰慕著我。但就跟剛嘗到自由滋味的大學新生相同，偶爾會空忙一場，就像現在，他正對自己講得太興奮不小心說錯話而慌張。

轟轟烈烈的戀愛不是我的風格。

他很老實。我一頭短髮，長相給人冰冷的感覺。加上我個性大而化之，帶給身邊人這種印象也不奇怪。

我也認為自己不是那種人。而且話說回來，什麼是轟轟烈烈的戀愛？這句話既陳腐，定義也很含糊。而且我們這個年紀，又有多少人有過轟轟烈烈的戀愛呢？

只不過……

「只是你不知道而已。」

如果失戀也能算在戀愛內，我高中時曾有過一場深刻濃情的戀愛。

無人得知這件事，只深藏在我心中，對方肯定也沒發現我單戀著他。

一場只有我知情的失戀、戀愛。

我邊想著這種事邊確認時間。差不多到要去上課的時間了，我丟下一句「那我先走」便離開。

我的回答大概令他意外，學弟微微睜大眼。

在那約莫兩週後，這個學弟在大學的圖書館裡向我告白。

「我……喜歡妳。」

我雖然有點驚訝，但答案早已確定。我無心與任何人交往。

無論現在還是過去，我喜歡的異性在這世上只有一人。

那傢伙和我一樣奇怪，和我有相同興趣。竟然會忘了自己地愛上另一個人，他是讓人難以想像竟會做出這種事情的人。

但，並非如此。

因為他，我在最近距離看見戀愛改變一個人的過程。

看著那傢伙逐漸改變的模樣，我有種被拋下的感覺。

感覺自己什麼也還沒開始做，感覺自己什麼都無法開始。

「要我和你交往可以，但我有條件。」

語調平淡的一句話在寧靜的圖書館角落悄然響起。

「別真心喜歡上我，你能遵守嗎？」

對我告白的學弟嚇一大跳。但真正感到驚訝的其實是我。

我難以置信，為什麼會說出這個回答呢？

是因為眼前的他，和那傢伙有點相像嗎？

或是因為，我也想要透過戀愛忘記自己且加以改變嗎？

更或許是，我對和他之間的事情……

不管怎樣，現在還能全部當成玩笑話，可以在開始前先結束。

但眼前的他稍微猶豫後，斬釘截鐵地對我說：

「好。」

教我如何說再見

1

那是一場，打一開始就能預料結局的戀愛。

時間回到我高中二年級。

我談了人生第一場戀愛，對方是同年級的男生。

如果只是這樣還無所謂。

上帝絕對是將人類塑造成無論如何都會喜歡上他人的生物，人類所到之處，隨處都有戀情。這並非悲傷之事，也沒有不自由。

只不過，我的狀況有點不同。

我喜歡上的人，是「摯友的男友」。

那傢伙名叫神谷透。

長得比普通人高，但容貌沒有特別醒目。身材纖瘦且肌膚白皙，很習慣獨處，偶爾會露出悲傷笑容。

聽說他從小喪母，和父親兩人一起住在集合式住宅中。

雖然理由不同，但我同樣是單親家庭，我想他大概和我同樣放棄了許多事情也接受了許多事情。

我和他升高中後才認識。

雖然這樣說，但我們沒有同班。阿透因為家庭因素放棄升大學，打算高中畢業後就要當公務員。

因為這層因素，他和就讀升學班的我與摯友沒有任何交集。

原本該是如此。

但升上高二後不久，五月結束前的某天，阿透向我的摯友日野真織告白。

我，綿矢泉。

幾乎不認識的同屆同學，神谷透。

以及我最好的朋友，日野真織。

如果阿透沒有告白，我們三人不可能湊在一起，我們和阿透會是永遠的陌生人，只是人生中的路人。

但我們相識了。彼此都有著些許特殊的狀況。

「那個，可以稍微講幾句話嗎？我有事找妳。」

那一幕仍宛如昨日，放學後，當我和真織在走廊上聊天時，阿透突然出現找真織說話。

回想起來……讓我感到些許悲傷。

阿透從一開始，眼中只看著我的摯友真織。這也是當然，阿透要找的人是真織不是我。

我只是個配角，只是真織的朋友或女學生A。

這種角色的戀情會如何發展，不用明說也能想像吧。

就跟一介路人甲喜歡上主角沒兩樣。

不可能開花結果。雖然我不太喜歡愛情故事，但在經典的愛情故事中，只會是個陪襯的角色吧。

但話說回來，我也不是一開始就喜歡上阿透。當時我對阿透的印象，和戀愛差了十萬八千里。

阿透來找真織說話那時，明明是自己主動開口的，卻一副意興闌珊的表情。他看起來是個有中心價值觀的人，但怎樣都讓我感覺可疑。

阿透在走廊上找真織說話後，找她一起到校舍後方去。

我和真織約好結束後在圖書室前會合。雖然猶豫要不要偷偷跟去看狀況，但即使是好朋友也要維持最起碼的禮儀。我坐立難安地等待真織回來。

「我決定和他交往了。」

真織來到約定地點開口就是這句，嚇我一大跳。

真織個性直率、容貌姣好很受歡迎，因為不會討好男生，也很受女生們喜愛。這樣受眾人喜愛的她，過去拒絕了所有人的告白。但此時狀況有點不同。

「話說，這又是為什麼？」

「他對我告白了，所以啊，我想說就和他交往看看。」

「我聽不懂妳在說什麼，嗯，他是叫神谷對吧，順帶一提，妳有對他說『記憶』的事情嗎？」

「我沒說，也沒打算說。但是啊，一想到或許在這種狀況中也能展開什麼新事情，就讓我想試試看。」

記憶。

如果真織當時是普通狀態，我或許也會更冷靜些。

但其中有讓我無法冷靜的原因，同學裡只有我一人知情，真織身上有個秘密。

真織有失憶症，名為「順向性失憶症」的特殊失憶症。

對日常生活沒有太大影響，但她自從高二黃金週出車禍以後，就沒辦法將每天的記憶帶到隔天。

人類睡著之後，大腦會開始整理一天記憶，真織的大腦會把該整理的記憶刪除，沒辦法累積新的記憶。這就是她當時的狀態。

這樣的真織，被先前完全陌生的阿透告白之後，說決定要和他交往。

我之後才知道，真織答應和阿透交往時提出幾個條件。

第一，放學之前都不能和彼此說話。

第二，聯絡的內容要盡量簡潔。

最後一個是……千萬不能認真喜歡上她。

2

就算是常常會錯意或常白費工夫的我，也理解自己配不上綿矢學姊。

我沒有值得說嘴的特徵。

不僅外表，連內在也是如此。

以前我曾煩惱自己這樣下去真的可以嗎，接著認真思考自己優於他人的部分，但最後只找到「成瀨同學是個絕對不會說其他人壞話的孩子」這種寫在小學期末成績單上的優點。

我沒有我獨有的特徵。

為了考上國立大學，我在學業上特別努力，但能考上同間大學的人都是如此。仔細思考每件事後，發現「我沒有我獨有的特徵」。

這樣的我，人生中第一次一見鍾情。

對方是同大學，大我一屆的學姊，她名叫綿矢泉。

我清楚記得認識她那天的事情，或許我這一輩子都不會忘記。

那是大學剛入學的四月，在亮白朦朧的春光晴空下，我在大學校園內和同鄉的學長聊天。

學長和我念同一間國、高中，我們國中時還是同一個社團。他是很照顧學弟妹的學長，也替我能念同一間大學感到開心。

「要是一年級有可愛女生，你要替我介紹啊。」

……正面意義的，學長是個很可愛的人。

在我和這樣的學長聊天時，有位打直背脊的女性經過我們身邊。

「喲，綿矢。」

學長一打招呼，女性停下腳步。

有雙鳳眼的美麗女子擺動短黑髮轉過頭來。

那就是綿矢學姊。

學長姊兩人說了些什麼，綿矢學姊最後揮揮手打招呼後打算離開。

但或許是因為我盯著她看，綿矢學姊發現之後視線移動到我身上。

我清楚記得我們倆眼神對上的瞬間，寂寞聲響凜然響起。

她的內心深處，藏著冷冽，且拒絕他人理解的寂寞。

不知為何，給我這種感覺。

但綿矢學姊應該不記得和我對上眼過吧，她立刻轉身離去，朝著屬於她的方向離去。

在我呆愣之時，同鄉學長擔心問我：

「喂成瀨，你沒事吧？」

「咦、啊……沒事。」

綿矢學姊很美這事不用說，但我從她身上看見了美麗以外的東西，而這點瞬間奪走我的心。

「那個，剛剛那位是……」

我問學長，接著得知她叫綿矢泉，也知道她是同系學姊。

「你該不會喜歡上綿矢了吧？」

說完後，學長露出莫名愉悅的表情。

「沒有啦……呃，那個。」

「那就包在我身上。」

當時我還沒能理解是什麼包在他身上，「喔。」只能含糊一笑。

接著過了約莫一週，學長找我一起去喝酒。

認為凡事都要經驗一下的我前去參加，那是十幾個學長姊一起在居酒屋中舉辦的聚會。綿矢學姊就坐在隔壁桌。

我至此才訝異地理解學長邀我參加的用意了。

同鄉學長是這次聚會的總召，他要我總之先坐下吃飯。在角落坐下的我一直意識著綿矢學姊的存在。

過一會兒，四處交際聊天的同鄉學長回到我身邊來。

「怎樣，有喝酒嗎？」

「我還未成年。」

「有在喝耶。」

「這是烏龍茶。」

如此這般對話之後，學長像是想起了什麼。朝著我一笑後，開口喊隔壁桌的綿矢學姊。

「喂，綿矢～這個一年級的是我高中學弟，他說他喜歡妳耶。」

我的單戀，在聚會開始不到一小時就被學長昭告天下了。身邊的人歡聲雷動，一臉打趣地看著我。

在我慌張之時，綿矢學姊也轉過來看我。

「咦？真的嗎？」

「啊，呃，那個。」

「但是……我勸你放棄我比較好，因為我是個超級麻煩的女人。」

現在回想起來，那是綿矢學姊真正認知我這個人的第一個瞬間。

慌張的我根本不記得當時是怎樣回應。
在身邊人的起鬨下，我最後移動到綿矢學姊旁邊和她說話。
和她給我帶有寂寞的印象相反，她超乎我想像，是個口直心快的人。
很愛笑也很愛開玩笑，因為已經滿二十歲，把燒辣如火的烈酒當水喝，甚至相當開朗。
好不容易讓她記起我的名字，但不敢和她交換聯絡方法。
原本打算續攤時要努力和她多聊一點，但綿矢學姊不參加續攤。第一場聚會結束後，就和幾位學長姊一起往車站方向離去。
「好～成瀨，你有乖乖留下來。」
我參加了同鄉前輩要我「絕對」得參加的續攤，他以前明明要我介紹同學給他認識，現在卻滔滔不絕地直對我說他正熱戀中的單相思對象的事情。
首次參加聚會，我就在筋疲力盡中，深夜才回到家。
隨便沖個澡就上床睡覺……接著作了一個印象深刻的夢。
夢中在哪參加聚會，綿矢學姊也在場。我不禁開口問了身邊歡笑的她：
「為什麼綿矢學姊在笑啊？」

雖說作夢，但這是相當失禮的問題，是什麼讓我這樣問呢？

因為綿矢學姊歡笑的樣子和給我的印象不同，讓我感到不對勁嗎？是因為我覺得她在勉強自己歡笑嗎？

綿矢學姊轉過頭來，對我輕輕微笑後回答：

「總比哭好。」

我嚇得睜開眼，天亮了。大概因為我立刻回想起來，夢境沒有消失，殘留的影像讓我的心臟猛速跳動。

我覺得人類是很不可思議的動物。明明是場夢，明明不過只是場夢，綿矢學姊出現在我夢中，讓我又更喜歡她了。

在那之後，我鼓起勇氣在學校裡找綿矢學姊說話。

「綿、綿矢學姊妳好。」

我第一次打招呼時，學姊明顯相當驚訝。

「咦，你是之前那個學弟？呃……是叫成瀨對吧，說喜歡我的。」

「啊，對。那時很謝謝妳。請、請問妳別來無恙？」

「嗯……咦？啊，嗯，還算不錯。」

和已經知道自己好感的對象說話，有種不可思議的感覺。甚至感覺輕飄飄無依靠的含糊情緒，就飄浮在我身邊。

綿矢學姊給人凜然冰冷的印象，非常適合她的短髮。

但如同聚會上感受到的，和她聊天後她是個很隨和的人，感覺是一位與第一次見到她時感受到的寂寞完全無關的人。

「啊，我得先走了。再見囉……呃，成瀨學弟。」

那之後，我只要在學校裡看到學姊都會找她打招呼。

打招呼時都會說些無關緊要的對話，聊天氣，聊課程，聊同系的教授，或是聊我們共同認識的那位同鄉學長。

即使如此，我也很滿足了。綿矢學姊認識我這一個人，還會用姓氏喊我「成瀨學弟」。

感覺我們兩人之間不是零，而是個尚待培育的一。

零不管互相加乘幾次都只會是零。

零和一之間的距離將近無限大。

在我多以路人甲或背景的一部分以零結束之中，或許聽起來有點誇大，但我和綿矢學姊之間有一。

我珍惜這個一，祈願想珍惜這個一。

在我開始習慣大學生活時，我到學校一半以上的目的是為了多少能和綿矢學姊說上幾句話。

「啊，綿矢學姊。」

「啊啊，是成瀨學弟啊，你為什麼會在這裡？」

「我今天還沒有和學姊打招呼，所以努力了一下找妳。」

「你跟你外表不同，還真是個怪人耶。」

綿矢學姊有時會在校內容易找到的地方，有時會靜靜待在空無一人的地方。

我一度以為她或許覺得我很煩而差點受打擊，但聽同鄉學長說，她從以前就是這樣。

「綿矢喜歡自己一個人待著。」

聽說她常常自己一個人呆呆看天空，看書，或是攤開很像日記本的筆記本，我至今也看過那樣的畫面。

「但她和你聊天時感覺頗愉快的，你別想太多。先別管那個了，你聽我說，那個女生啊～」
邊聽學長說著情說著愛說著轟轟烈烈的戀愛，他說的話給了我勇氣。
我在那之後也在各種地方找到綿矢學姊和她打招呼。
那可能是辦公大樓後方，可能是空教室，可能是圖書館純文學專區附近的閱讀桌，可能是位置偏遠天花板又低的學生餐廳，可能是圖書館後方的長椅。
「學姊，妳好。」
今天綿矢學姊在圖書館後方的長椅上，初夏的日光也無法抵達此處，空氣冰涼很舒爽。學姊手邊拿著打開的文庫本。
「嗯，你好。有時候啊，和你打招呼會讓我有種變成小學老師的感覺。」
「感覺學姊也很適合當老師呢。」
「要不要戴個眼鏡給你看啊？」
「不了，不知該說學姊這樣就很好了，還是該說什麼。」
微笑看著我的學姊，闔上手上的文庫本。
那時，書封闖進我的視線。
令人意外的，那是廣受好評的電影原著小說。因為作者是知名的美女，所以我記得。那是女性作家西川景子的作品，我記得應該是成人的愛情故事。

「學姊也看愛情小說啊，那個是有拍成電影的作品對吧。」

「愛情小說？啊啊，你說這本小說啊。原著是純文學，也不算是愛情小說。啊，但把它當作愛情小說來看或許也很有趣。」

學姊變得稍微多話起來。

或許學姊喜歡純文學類型的作品吧，實際上我也曾在圖書館中的專區見過她。

「感覺很有趣，我也買來看看好了。」

「不錯啊，雖然登場人物中沒有學生，但我覺得也能看得很開心。現在已經出版文庫版本了，應該每家書店都找得到。」

出乎意料外地和學姊相談甚歡，讓我心情雀躍起來。

「是會哭的那種嗎？」

「可能是喔。」

「我對那類作品沒輒，得小心點才行。」

「你看起來確實是會看到哭得唏哩嘩啦的那種人。」

學姊惡作劇般一笑，讓我害臊起來，因為我就是這樣的人。

「抱歉抱歉，我不是在說你壞話，啊，話說回來你聽說了嗎？」

綿矢學姊體貼我換了個話題，講起我那位同鄉學長向他單戀的對象告白之後被甩了。

這件事我也知情，其實我或許比任何人都清楚。每次在學校裡碰到他都會聽他徹底暢談，他被甩時，安慰他的人也是我。

當我告訴學姊後，學姊笑了。

「那你也聽他說了很多啊，轟轟烈烈大戀愛之後被甩的事。」

「是啊，從他認識到被甩，已經聽過六次了。」

「六部電影的時間呢。」

「但不知是不是怕我聽膩，每次細節都有點不同，還強化了戲劇性，最後或許會變成感動巨作，不對，應該是愛情巨作吧。」

在聊著戀愛相關話題之時，我突然想到一件事。

綿矢學姊有男朋友吧？我不知道這件事。同鄉學長似乎也不清楚……現在，或許就是從學姊本人問出這件事的機會。

如此思考的瞬間，我緊張起來。

綿矢學姊沒發現我這份心情，又繼續說道：

「與其說是不讓你聽膩，我覺得只是他隨便加油添醋耶。」

「但我聽得很開心，因為現實生活中很難碰到轟轟烈烈的大戀愛啊。」

「……啊，嗯，說得也是。」

為什麼呢，綿矢學姊遲了一會兒才回答。與之同時，感覺學姊臉上一瞬間閃過寂寞神色。

但緊張的我，沒有餘力把心思放在這件事上。

自覺心臟撲通狂跳，我想知道關於綿矢學姊的事情，學姊有男友嗎？我非常在意。

話說回來，她是如此美麗的人啊，過去應該也曾有男友吧。

學姊曾對那個誰，展露不會讓我們見到的表情嗎？

或者是，現在仍對他展露呢？

我好想知道，好想要想辦法開口問。

所以刻意創造出輕鬆氣氛，想要盡可能地自然問出口。半開玩笑似地，盡量佯裝不在意，先以「話說回來」開頭。

「感覺綿矢學姊沒有談過轟轟烈烈的戀愛耶。」

學姊一瞬間露出嚇一大跳的表情。

在那之後，我才發現不管再怎麼說，這個疑問也太失禮了。當我慌慌張張想要道歉時，學姊看了遠方後輕輕微笑。

「只是你不知道而已。」

「咦？」

綿矢學姊再度微笑。極度，悲傷。

學姊之後拿起手機確認時間。

「已經這個時間啦，差不多該走了，那我先走囉。」

學姊留下這句話後離去，一如往常單獨邁開腳步。

我無言注視學姊的背影，心彷彿沉於水窪裡的寧靜當中。

我強烈自覺，學姊有我所不知道的世界。

『只是你不知道而已。』

正如這句話所說，我對學姊一無所知，不僅學姊的現在，也包含過去。

無處可去的悲憤糾纏住我這個存在。

不僅如此，很可能連今後也……

幾天後，我鼓起勇氣問了以前一起參加聚會的其他學長姊。

他們表示雖然不清楚以前的事情，但綿矢學姊上大學後沒任何有交往對象的跡象。

那麼，那句話說的是她國中或高中時代的事情吧。她現在已經和對方分手了吧。

在那之後，我變得有點不敢去和綿矢學姊見面，當時說錯話也有點尷尬。再加上我開始產生疑問，真的可以只是像小狗玩耍般喜歡著學姊就好嗎？那樣一來豈不是沒有任何改變嗎？

預期外再次遇到學姊，是我們最後說話後的大約兩週後。

進入六月，我為了下個月的考試到圖書館念書。念累了想鬆口氣，就在圖書館內散步。我刻意不靠近純文學專區。

但我還是發現了，綿矢學姊坐在單人的閱讀桌前，難得見她趴在桌子上睡覺。

我的心臟強烈鼓動，讓我重新認知自己深受學姊吸引。

圖書館裡的冷氣很強，在這邊睡可能會著涼感冒弄壞身體。
我百般煩惱後，決定把學姊叫醒。
「嗯……咦？是你。」
我輕拍肩膀後，學姊睜開眼。
雖然沒有不軌心思，但學姊是女性，指尖感受她纖細肩膀的觸感。
我不知該用怎樣的態度面對學姊，露出有點傷腦筋的表情。
「不好意思，冷氣很強，我怕妳感冒。」
「啊啊，這樣啊，謝謝你。」
一段時間沒碰面了，讓我忍不住看學姊看入迷。
我喜歡她喜歡得無可自拔，看似寂寞卻又開朗，明明開朗卻感覺很寂寞……
到底是什麼讓她變成這樣呢？
是因為想知道才喜歡呢？或是因為喜歡上了才想知道？我已經搞不清楚順序。
只要一想到學姊，就讓我的心意快要潰堤。
「那個……那，我先告辭了。」
其實我想和她說更多話，但也不能太纏人。

我如此想著，靜靜地打算離開。

「那個、啊。」

但學姊開口讓我停下腳步。

轉頭一看，學姊站起身，不知為何露出苦楚的笑容。

「我……我不喜歡溫柔的男生。」

我很猶豫，不知該如何回答才好。我對她的好感有造成她的困擾嗎？她是不是想要我放棄她？

「我沒有特別溫柔，所以沒問題。」

這句話讓學姊無言以對，所以我忍不住提問：

「妳為什麼討厭溫柔的男生？」

「……因為會很火大。」

「咦？」

「人類啊……原本該是自我本位的生物才對吧？但溫柔的男生，不會自我本位地活著。」

學姊是在說誰呢？

學姊現在確實在此，屬於當下。即使如此，我感覺她正看著並非此處的其他地方。

「因為沒辦法活得自我本位，所以妳討厭嗎？」

「沒錯。我希望他可以為自己活著，別替他人著想，只做自己想做的事情。然後……更甚者，希望他是讓別人毫不猶豫討厭的人，希望他可以被世界忌憚。」

感覺這聽起來像學姊真切的願望。

學姊說完後定定看著我，又露出那樣悲傷的笑容。

「你不是這種人吧，所以就……」

我想，學姊大概想這樣說，但我打斷她插嘴說：

「我……喜歡妳。」

得在我進攻的機會被剝奪前說出口才行。

當學姊把「放棄我」說出口後，就沒有挽回的餘地了。

即使如此，我大概也沒辦法放棄學姊。

只能在理解沒有任何進攻機會的情況下，待在世界一隅繼續喜歡著學姊，無意識地追尋學姊在校園裡的身影。

我能輕而易舉想像出這樣的自己。

但我也明白，就算告白了也沒用。

我配不上學姊，會被甩，我已經作好覺悟。

「要我和你交往可以，但我有條件。」

所以在漫長沉默之後，學姊說出這句話時嚇我一大跳。

或許只是我的錯覺，但我感覺學姊說出口後也被自己嚇一跳。

學姊又繼續說：

「不可以認真喜歡上我，你能遵守嗎？」

沒什麼人的圖書館中很寧靜，只有冷卻館內空氣的空調靜靜運轉。

與外側的寧靜相比，內心無比嘈雜，心臟刻劃著生命節奏。

眼前，有位開朗寂寞的美人。

我想要更了解這個人，但這個人要我不能認真喜歡上她。

這是什麼意思？

她認為我的好意只是玩玩的嗎？她認為我對她的喜歡與喜歡上時尚同等嗎？

最重要的是，如果我不接受這個條件，又會變成怎樣呢？

學姊試圖想把說出口的當作玩笑話，佯裝開朗地結束這個話題。這樣一來，我就再也沒機會碰觸學姊的真心與她的過去了。

我只有些微遲疑，不管怎樣，我的回答只有一個。

我喜歡學姊，我想要更了解學姊。

我來得及說出口嗎？感覺學姊隨時都會說出「我開玩笑的」將這一切全部翻盤。拜託要趕上。我邊祈禱邊回答。

「好。」

3

高二那天的放學後，阿透不知為何，對不認識也沒有好感的真織告白了。我當時一直對此抱持疑問。

——這是為了保護遭霸凌的朋友的代價。

沒有立刻知道這個事實或許是件好事。如果在我還不了解阿透的人品時得知告白的理由，我肯定會討厭他。

或許也會強烈要求真織早點和阿透分手。

只不過，被告白的真織本人，似乎有察覺這個告白是懲罰。而正因為知道對方不是真心，罹患順向性失憶症的她也想嘗試新事物，所以決定有條件接受對方的告白。

也就是，這兩人一開始並非對彼此有好感而開始交往。

阿透有阿透的理由，真織也有真織的算計。真織也因為這是她自私開始的事情，而隱瞞我他們兩人不是真情侶的事實。

因為有以上背景，我一開始總以懷疑目光看著阿透。甚至警戒著，認為他肯定是不懷好意接近真織。

這大概和我的個性有關，我和真織不同，並非能和所有人友好相處的人。做做表面工夫還沒問題，但我無法輕易對人敞開心胸。

我很怕人。

和小說的登場人物不同，根本無從得知現實中的人在想些什麼。

想了解對方，只能從實際交談以及表情中讀取情緒，而話語和表情都能輕易偽裝。

所以我盡可能不和特定人物以外的人交心，但與之同時，和我決定要親交的人徹底變得親密。

對高中時的我來說，這個人就是真織，真織是表裡如一的人。

我高一和真織同班而認識她，她很普通地向表面看起來冷酷的我搭話，我們不知不覺成為交心好友。

我純粹地尊敬真織，因為她是真正很努力的人。

真織偶爾會在上課的空檔時間看自己的右手中指，班上發現這件事的人，大概只有我一個。

真織右手中指有拿筆長出來的繭。

我們念的高中基本上算升學主義學校，聚集了許多國中時算會念書的學生。為了不被埋沒其中，真織一直相當努力。

正因為如此，長出來的繭遲遲不會消失，真織宛如測試著自己的評價直盯著繭看。

但真織可以這樣努力，也只到她得了失憶症為止。

罹患順向性失憶症後，真織無法繼續努力。不管一整天多努力念書，記憶都沒辦法留存大腦，到了明天就會全部遺忘。

遺忘的不只知識。只要一入睡，她也會遺忘自己出車禍罹患失憶症的事實。每次睡醒，每天早晨，真織都得面對一次殘酷現實。

即使如此，真織還是很樂觀活著。因為有國家替身心障礙者制定的特別制度與學校協助，只要出席天數達標就能畢業，所以她也很努力來上學。

對她的心理健康來說，這形式比休學或退學待在家裡還要更好。

但怎樣都會碰到精神狀況不好的時候。早晨醒來，得知自己罹患失憶症，接受這個事實，努力過著日常生活。

這理所當然會伴隨難處，無法總是相同。

「這種狀態，就算活下去也沒有意義。」

真織曾經軟弱地說出這種話。那天真織沒來學校上課，我擔心地到她家去，她把自己關在房裡，大概躲在房裡哭。

或許感覺未來被剝奪了吧。只要她罹患失憶症的一天，她就沒辦法累積任何新事物。不管一整天有多努力，晚上一入睡就會歸零。

減輕真織這種哀痛的人……就是阿透。

做到我辦不到的事的人，是理應不喜歡真織的阿透。

即使是假情人也無所謂，阿透以男友身分一直陪在真織身邊，不離不棄。

真織的雙親和我，身為家人，身為摯友，我們自認為一直陪伴在她身邊。但有些事情家人辦不到，連摯友也做不到。

但如果是情人……

「我也會讓明天的妳過得很開心。」

從某一刻起，阿透真心喜歡上真織了。

而且還是在得知真織隱瞞的失憶症真相後。

真織把每天發生的事寫在筆記及手冊上，用日記填補記憶。

不管是好事或壞事都會寫在其中。有讓真織感到開心的事情，也有讓她悲傷的事情。

理解這點的阿透，想要用開心的內容填滿真織筆下的日記。

為了讓每天都得面對自己罹患順向性失憶症現實的真織，讀了日記後可以得到勇氣，為了讓她的每一天不會充滿絕望。

阿透每天拚命讓真織過得開心，真織在阿透身邊也能自然流露笑容。

我靜靜在旁看著他們兩人。

戀愛改變了阿透，就連無法延續記憶的真織也改變了，我就在旁靜靜看著。

不對，這個表現或許不太正確。

而是「我只能靜靜在旁看著」。

在那之前，我看過非常多書，自以為了解人生。

這乍看之下理所當然的事情，但我這才理解……書無法代表人生。

4

我還以為一覺醒來全都是場夢。

當然，我也並非打從心底如此認為。現實是很確實的。

但這件事就是如此沒有真實感，我和綿矢學姊開始交往了。

我在圖書館向她告白，她有條件接受我的告白後，我們交換了聯絡方法。

『那從今天開始，我們就是所謂的情侶了吧。』
『似乎，是這樣……』
『交了比你大的女友感覺怎樣？開心嗎？』
『咦、啊、那個……』
『開玩笑啦，你不用認真回答。那麼，請多指教囉。』
綿矢學姊彷彿忘了上一刻嚴肅的自己，邊開玩笑邊說話，整理攤在閱讀桌上的書本後打算離開。
『那、那個……為什麼不能真心喜歡上妳？』
我鼓起勇氣開口問，綿矢學姊轉過頭來，定睛注視著我。
『我可能沒有明確表達出來，但我是認真喜歡學姊……』
『那就不行了，我們分手吧。』
這爽快的一句話嚇退我，學姊稍微沉思。
『我……嗯，那就當扮家家酒吧。空有其表的戀愛也沒關係，反而該說這樣更好。如果你討厭這個條件，那還是……』
別交往吧。

在學姊這樣說之前，我插嘴表達自己的意志。

『不，這就可以了。即使如此，只要能和學姊在一起就好了。』

家家酒。綿矢學姊說，我們的交往只是戀愛家家酒。

說空有其表的戀愛也沒關係。

我思考著，該怎樣理解這些話。

但意外地，很快就作出結論了。家家酒也無所謂，現在先這樣也沒關係。

因為即使剛開始只是假裝，也可能在將來某天弄假成真。

我邊回想這些事情，做好出門去學校的準備。

入學同時，我在大學附近的公寓展開獨居生活。今天第一堂有課，所以比平常更早出家門。步行到學校不用花上十分鐘。

走進校園後，習慣性地尋找綿矢學姊的身影。

《學姊，妳今天有來學校嗎？》

只要用通訊軟體問一下就能解決，但才過一天，我還沒有傳訊息的勇氣。

結果，就在沒看見綿矢學姊的情況下，上課度過上午時光。

午餐時間，我和同系交到的朋友一起去學生餐廳。正當我猶豫該點哪個每日特餐時，感覺眼角看到一個特別的存在。

朝那邊看過去，只見綿矢學姊端著放上午餐的托盤，獨自一人準備在餐廳椅子上坐下的身影。

「你又在看綿矢學姊啊？」

發現我的視線方向的朋友如此說道。他們知道我喜歡綿矢學姊，也因此認識學姊。

其中一人說完後，其他朋友們也往學姊方向看過去。

「哇塞，她落落大方地單獨吃飯耶，那個人還是這麼帥氣。」

「她很不可思議耶，一種脫離世俗的感覺。」

這大概是同大學學生的共同認知與評價吧。

在不想讓人感覺自己沒朋友而想和誰成群結隊的大學裡，毫不在意這類事情自己獨處，無可捉摸，帥氣，又不可思議……

雖然有附加條件，但我仍無法置信我和這樣的學姊交往了。

目送說要先去占位子的朋友們離去，我拿起手機。百般猶豫後還是傳訊息給綿矢學姊。

《午安，我看到學姊了喔。》

稍微有點緊張。要是她發現有訊息，但在知道是我之後視而不見該怎麼辦。如果目擊這一幕，我會有怎樣的心情。

視線中，綿矢學姊發現了什麼而拿起手機。點開畫面看完後，開始左右張望確認四周。

最後發現我，朝我微笑。我看著她在手機上輸入什麼，接著收到學姊的訊息。

《你頭髮亂翹，整理一下比較好喔。》

我忍不住摸自己的頭髮，慌忙地想要整理頭髮時再次收到訊息。

《對不起，騙你的。》

再次抬起視線，學姊就在視線前方靜靜微笑。

雖說開始交往，但沒有戲劇化進展，也沒有倒退。

綿矢學姊在學校裡還是平常的樣子，我也不會仗著男友身分搗亂她的生活。

正如我沒有對朋友說我和學姊開始交往，綿矢學姊似乎也沒告訴其他人。即使如此，仍有明確出現的改變。

「喲，你在看什麼？」
因為住得近，我想念書或看書時都會到學校圖書館去。
在我買來綿矢學姊之前在看的小說翻頁閱讀時，學姊開口和我打招呼。
「喂，你不用那麼驚訝吧，眼睛也睜太大了。」
在此之前，學姊從來不曾主動找我說話。或許正如她所說，我現在眼睛睜得銅鈴大吧。
「沒有啦，只是……有點嚇一跳。」
學姊露出微笑，在我身邊的空位坐下。接著發現我手上的小說。
「咦？這本小說……是之前那個？」
「啊，對。學校的書店裡有賣，所以我就買來看了。」
「你在這邊看沒問題嗎？我覺得在圖書館裡看小說看到哭哭啼啼的會被當成怪咖耶。」
她說完後我試著想像，確實相當怪。
「我感覺快哭出來時會衝進廁所，所以沒問題。」
「更怪了吧。」

撐著下巴的學姊笑了。那個瞬間，很適合她的短黑髮搖擺。

學姊是個水靈靈的美人。

就在我被她的美貌奪走視線時，學姊問我：

「話說回來，你之前有交過女朋友嗎？」

這問題和戀愛家家酒有關係嗎？我不知該如何回答，但也沒必要隱瞞便老實回答。

「啊，嗯，有。」

「有點意外耶，那是怎樣的女生？」

「嗯，很擅長做家事和做菜，喜歡培育什麼的女生。」

因為太老實，我說完之後才發現這個說明只有我聽得懂。說「喜歡培育什麼」也沒人聽得懂吧。

「呃……擅長做家事和做菜，然後……」

實際上學姊也很困惑，所以我繼續解釋。

高一時第一個交往的女友，是個性和體型都大剌剌的人。

小學時還不會，但上了高中後，班上就會擅自用容貌做出階級制度。

但那個女生不知為何，就是不會成為階級制度中的一員。

她會率先請纓打掃，用她母親的方法效率驚人地將班上打掃得光潔明亮。

腳步強而有力且笑聲爽朗，大家都把她當作吉祥物一樣喜愛。

而且她還是學年數一數二的聰明。

喜歡「培育」這個詞，津津有味吃她親手做的便當，她說她的夢想是進入農林水產省[1]提升日本的糧食自給率。

當我說完前女友是怎樣的人之後，學姊有點傻眼。

「話說回來，你怎麼會和那樣的人交往啊？」

「因為我很瘦，她就拿飯糰給我要我多吃點。」

「然後呢？」

「不知道是米好，還是海苔品質好，那個飯糰非常好吃。」

因為太好吃了讓我好奇起她的配菜，她也分給我吃，不知不覺中她連我的便當也一起做，當我發現時我已經喜歡上她了。

1. 相當於我國行政院農業委員會。

我說完後，學姊用手摀住自己的臉，我還想著發生什麼事了，沒想到她狂笑。

「那是怎樣，也太和平了吧，真的有這種事？」

「對，真的有這種事。不僅料理，她還會泡好日本茶裝進水壺裡帶來，我也不知道她是怎麼泡的，超級好喝。該怎麼說呢，很甘甜。啊，當然沒有加糖之類的。」

但我和那個女生，也在升上高三，開始正式準備大考時分手了。

我們是在春天分手。到公園裡野餐，吃飯糰喝日本茶。稍微玩一下到了傍晚時，彼此互相說「掰掰」跟小學生一樣揮手道別。

她踩著有力的腳步獨自朝夕陽的方向走去。

她總是開朗歡笑。

但那時，我才發現，我可能根本不了解真正的她，她可能也對我有所隱瞞。

我或許是被她不為外人所見的軟弱與孤獨吸引……

只不過，我沒有對綿矢學姊說這些。就把這件事情當作笑話，當作我溫吞的過往結束這個話題就好。

大概是我的故事很好笑，學姊表情柔和地笑著。

那感覺是學姊至此不曾讓我見過，我也不曾發現的表情。

就是如此自然。

「順帶一提，學姊……國中或高中時有和誰交往過嗎？」

但這自然且柔和的表情，也在我問出這個問題後消失。

「至少，到我國中畢業前都沒這類事情。」

「那是高中時囉？」

學姊帶著些許哀傷笑了。

「你覺得呢。」

「我很好奇。」

「嗯但是，起碼有接吻過啦。」

「那是……和妳有轟轟烈烈戀愛的對象嗎？」

「你還記得啊。」

「這是當然，因為我一直很在意。」

學姊看著我再次微笑，但沒有回答我。「那麼，今天就到這邊吧。」接著起身背對我離去。

那是我見慣的背影。是一直以來在人生路上獨行者的背影。

5

在阿透和真織開始交往幾天後，我得知阿透是擅長做家事、做菜的男生。

他們兩人開始交往後，會約在放學後的教室裡見面。

我為了看清阿透這個人，那天也參與其中。

在真織提議下，機會難得，我們決定加深彼此的關係，就這樣直接到阿透家裡玩。

阿透和父親兩人一起住在集合式住宅，一般來說，兩個男人住的地方感覺不會整理得太整潔，但阿透他家乾淨得嚇人一大跳。

不該珍惜可以偽裝的清潔感，而是要重視無從偽裝起的衛生感。

阿透有這樣的堅持。我邊對「對家事很有自我堅持的高中生」這件事感到有趣，也莫名佩服他。

「和你聊天後才知道，你其實是很奇怪的傢伙耶。」

「我覺得就只有妳沒資格這樣說。」

很不可思議地，我們兩人能不帶挖苦地彼此開玩笑。那或許也和我們興趣相同帶來的輕鬆感有關。

到阿透家之前我們在教室裡聊天，得知彼此都有買同一本純文學雜誌。不僅如此，我們都喜歡當時知名度還不高的西川景子。

阿透不僅擅長做家事，也很擅長做各種料理。

「請用，雖然是粗茶。」

「不對，神谷啊，這可不是綠茶耶。」

他泡的紅茶好喝到難以置信是超市賣的茶葉，格雷仕女茶，受到他當時泡這個給我們喝的影響，我也喜歡上這款茶。

我們三人喝茶聊了許多事情，到了傍晚，阿透送我們到附近的車站。說著要順便買東西的阿透還拿著環保購物袋出門。

阿透有著宛如資深主婦般的謎樣威嚴，是莫名適合拿環保購物袋的高中生。他那副模樣太有趣，我和真織都哈哈大笑，真織還拍了照片。

擅長家事和所有料理，適合拿環保購物袋的男生。這全非謊言也非演戲，創造出神谷透這個人物。

隔天放學後，我邀請他們兩人來我家。是我和母親一起生活的公寓，沒有父親，我的父母在我國中時就分居了。
當我模仿阿透在廚房泡紅茶時，阿透和真織坐在客廳裡聊天。
兩人靠在一起，說著只有他們能聽見的對話。
當時，我感覺摯友真織被阿透搶走了，還有點嫉妒。
正如這份感情所示，阿透頂多只是真織的男友，僅此而已。
哪裡都找不出戀愛情愫。
和我相同帶著些許冷情，喜歡純文學，擅長做家事、做菜的奇怪傢伙。
我對這樣的阿透產生戀愛感情，是在更久遠之後的事情。
開始對真織稍微產生也可解釋為憧憬的感情，是在比那更久遠後的事情。
我……親了阿透這件事情也是。

6

差不多想約學姊去約會了。我和綿矢學姊開始交往即將滿兩週。
說到這段時間所做的事，就是互傳訊息以及一如既往見面打招呼後稍微聊天，還有在上完課後的圖書館裡講過幾次話。

說充實也能算充實吧，或許不該期待更多了。

但我想要和綿矢學姊一起出去玩，想要一起討論看到的事物及感受，想要和學姊一起看各種景色。

仔細想想，想要交往或許就是指這種感情吧。

想要和這個人一起經歷許多事情。

「那個，我們要不要去約會？」

所以那天，我找到綿矢學姊後鼓起勇氣這樣說。學姊今天坐在行政大樓附近位置隱密的長椅上。

「咦？約會？」

我沒打招呼，開口便如此提議，所以學姊有點困惑。

「對、對。」

「和誰？」

「和學姊。」

「誰？」

「我。」

「做什麼？」

「約會。」

「和誰？」

「和學姊。」

「誰？」

「我。」

接下來，我們又重複了三輪相同對話。就算我再笨，也在中途發現學姊在捉弄我了，但率先投降的人是學姊。

「你真的很愚直耶，但這樣也好。」

學姊說完微微一笑，我也羞得笑了出來。

「那個，那下週末的六日選一天，可以嗎？」

即使如此，我還是為了排定行程開口問，學姊露出很抱歉的表情。

「對不起，我每週六日都有事情，所以……可能不太行。」

我心神不寧，有什麼事情？那和與我的交往只停留在戀愛家家酒有關嗎？

「這、樣啊……請問，我可以問是什麼事嗎？」

「我有個高中好友，我要和她見面。她現在上補習班準備考大學，所以我週末會去教她念書……其實不是每週都去，但我想要盡可能替她空下來。」

綿矢學姊的高中好友，聽到她的回答我鬆了一口氣。

我從同鄉學長那聽過，綿矢學姊相當珍惜她的好友，現在也常一起出去玩。

話說回來，綿矢學姊的好友是怎樣的人呢？知道她正在補習準備考大學，也單純湧上興趣，我不小心又繼續問下去：

「順帶一提，學姊的好友是怎樣的人呢？」

「怎樣的人？嗯～～超級可愛。長頭髮很女性化，但一點也不做作。表裡如一，個性也很好……和我不同，每個人都很喜歡她。」

學姊露出稍顯寂寥的表情。或許實情並非如此，但至少看在我眼中是這樣。

「綿矢學姊也是很出色的人啊。」

大概因為這樣，我不想讓她有這種表情而脫口說道。

「大家都特別看待學姊，肯定都希望有機會能和妳多說一點話。但是那個，因為妳太漂亮了……所、所以說，學姊也是受眾人喜愛的人。那個，就是……」

說到這裡，我終於發現自己說出相當害臊的話。

學姊也嚇了一跳，而下一個瞬間露出溫和的表情。

「你不用這樣顧慮我沒有關係。」

「沒有，我說的是事實。」

「因為人類都戴著濾鏡看世界啊。你的濾鏡太單純，或許可以說有點太盲目了。」

戀愛確實可說是盲目，但我不認為我因而蒙蔽了自己的眼睛。

因為大學裡的人確實對學姊另眼相待。

不僅容貌，也包含她的個性在內，我認為和學姊同年級的人感觸特別深。

乍看之下，會覺得綿矢學姊言行舉止無拘無束，但她其實是總是替對方著想的人。

真正的她，大概比任何人都細膩。正因為理解人心的微妙，和他人相處時會試圖炒熱當下氣氛，甚至勉強自己笑出來。

前幾天，當我和綿矢學姊在聊天時，學姊的同學跑來打招呼。綿矢學姊那時也和對方聊得很開心，逗笑對方。

『學姊和誰都能變得很要好呢。』

那人離開後我如此說，學姊自嘲地笑了。

『因為我怕人，只是為了不被討厭，表面上和大家交好而已。』

回答後，綿矢學姊挑眉換了個表情。看起來像是不小心把不該說的話說出口了，打哈哈說著：『開玩笑的啦。』

聽見學姊的真心話，看見她也有人人都有的軟弱，我開始對學姊產生親近感，也越來越喜歡她了。

只不過，如果當場老實表達這份心意，學姊或許會用違反約定的理由和我分手，我百般思考後說：

「我也算是妳的男友，所以和濾鏡無關，我確實看見學姊的優點。」

即使無法說出情意，但我能說出對學姊的敬意。

「我總是想要更了解學姊……所以說，所以也想要和妳去約會……啊，不是啦，妳要以和好友的約定為優先當然沒問題。」

學姊再次驚訝看著我，一會兒露出苦笑般的表情說了「你真是的」。

學姊的視線朝天空轉過去，感覺她似乎在猶豫著什麼，接著像「真拿你沒辦法耶」的感覺笑著起身。

「雖然週末不行，但今天傍晚可以喔。」

「咦？所以說……」

「我們去約會吧，我正好有想看的電影。」

不管什麼願望，不先祈願就不會實現。我知道這理所當然的事情。

我很幸運地，那天傍晚和學姊去約會了。

在彼此一天課程結束後，約在圖書館前會合後一起前往車站。

大概因為緊張，搭上電車後一轉眼就抵達目的地的車站。

都心的大型轉運車站前有豪華的高樓大廈，高樓層有電影院。低樓層的一部分挑高設計，鋪上大理石地板，高雅店家櫛比鱗次。

「總覺得好像真的在約會耶。」

搭電梯前往電影院途中，我看著這幅光景小聲說，學姊笑了。

「就是在約會啊。」

我們要看的電影早已決定，就是之前聊過的西川景子小說原著的電影。

多虧學姊預先購票，我們很順利地入場坐下。

儘管是平日傍晚，電影院內人潮洶湧。雖然我曾交過女朋友，但不曾有過這類很約會的約會。

「話說回來，讓妳請我真的可以嗎？」

等待播映時，我忍不住對著距離近到肩膀相碰的學姊如此問。

「是我約你的，你不必在意，而且我有在打工。」

「打工，學姊在哪打工啊？」

「……我母親從事書籍封面設計相關的工作，我會幫忙她處理文件。從高中起開始幫她，所以存了不少錢。但也只是學生能存的程度啦。」

書籍封面設計等相關工作，也就是說，學姊母親是設計師囉。

這是學姊第一次提及她的家人。不管怎麼說……

「那下次約會換我請客。」

我說完後，學姊定定看著我。輕輕地呵聲一笑後回答「嗯，好。」

不一會兒，電影開始放映。我原本想在電影放映前，在腦海中複習小說內容，突然想起作者的後記。

原著的後記中，作者表示執筆寫作這本小說前發生了很痛苦的事情。

但沒寫上具體內容，我好奇地搜尋了她的訪談，她也沒提到這件事情。有傳聞是她家人發生不幸，但不確定真實性。

就在我回想作者後記時，電影正式開始。

或許反映了作者當時的心情，這個故事很美也很悲傷。描繪與人別離的寂寞與痛楚，以及日常生活甚至能吞噬這一切的強韌與無常。

在電影進入後半時，我發現一件事。

往旁邊一看，學姊的眼睛反射銀幕光線而閃耀。她的眼中覆蓋一層水膜，倒映其上的光線如生物般隨波擺動。

學姊在哭。

我嚇了一跳，但為了不打擾學姊看電影，又把視線轉回前方。

我猶豫著要不要從口袋遞出手帕，此時才深刻體認沒燙過的手帕有多不像樣。在心裡決定接下來一定要燙手帕。

但是……雖然很理所當然，但學姊也會哭啊。

這個事實讓我感動，這是在學校裡無法得知的事。

只不過，電影尚未到劇情高潮。學姊是對什麼感動，或者是對什麼悲傷……

看完電影時，來到可從大樓窗戶看見夜空的時段了。聽說地下一樓有間時髦的咖啡廳，在學姊邀約下一起去咖啡廳。

能多和學姊相處片刻讓我很開心。

在咖啡廳裡面對面坐下，邊吃晚餐邊討論電影感想。學姊不只喜歡小說也喜歡電影，熱切闡述戲劇呈現與劇情發展。

學姊，妳哭了對吧。

其實我很想提起這件事，想問她是對哪一幕感動，或感到悲傷。

但那或許很失禮，她可能不想讓人瞧見她哭泣的樣子。流淚的理由有很多，是極度隱私的事情。

在我想著這些事情時，學姊開口：

「電影廣告的照片也很美，與其說人，倒不如說風景才是主角。」

「確實是，那刻意拉大景深……」

我差點反射性說出自以為了解的內容時，慌慌張張嚥下膚淺的知識。

學姊有點驚訝也深感興趣地看著我。

「你該不會喜歡攝影吧？」

「啊，沒有啦，我只是想裝帥，把似曾聽聞的單字說出口而已。我不喜歡拍照也不喜歡被拍。」

被這個話題轉移焦點，我沒能問出學姊落淚的理由。

取而代之，我笑著對學姊說：

「先別說這個了，請妳別忘記和我的約定，下次約會換我請客。」

「雖說約定，但我們還沒決定要去哪做什麼耶。」

「那，動物……不，遊樂……嗯～～水族館如何呢？」

「你中途改變了很多次心意喔。」

「因為動物園裡動物的氣味比想像還重，遊樂園又有點太遠。如果是水族館，感覺平日也沒問題。」

距離這裡不遠處有水族館。

大學同學告訴我，現在這個時期有「夜間水族館」的活動，水族館營業到很晚。氣氛佳，似乎是很受歡迎的約會勝地。

我提議後學姊陷入深思。

「水族館啊……」

「妳不喜歡嗎？」

「也不是不喜歡。」

雖然很害羞，但我想和學姊做一件事。

想來想去，水族館可能是最適合的地方。只要學姊不排斥，我想和學姊牽手，可以的話，想如情侶般十指交扣。

「扮戀愛家家酒也沒關係，那個，如果妳願意，請妳和我去水族館約會。」

只不過，這也是個很厚臉皮的想法。我不禁越講越小聲。

大概是體貼我，學姊又露出「真拿你沒辦法」的笑容。

「……好吧，那下次就去那裡。」

「咦？可以嗎？」

「可以喔，因為我們姑且算情侶嘛。」

約好下一次的約會讓我好高興，看見我開心得誇張，學姊也笑彎嘴角。

那之後也和學姊聊了許多。在影音平台上看的電影，想看的小說，以及我們共同認識的我同鄉學長的事情等等。

快樂的時間總是過得很快，轉眼就到了晚間九點。

離開咖啡廳後，我送學姊到車站收票口。

「再見囉。」

「再見，路上小心。」

我們在收票口前道別後，我目送學姊離開，站在原地直到看不見學姊背影為止。這稀鬆平常的事情，讓我感到害臊、酸甜的喜悅。

我朝自己要搭的地下鐵車站前進，在月台等車時傳訊給學姊。

《今天很謝謝妳，我玩得很開心，也很期待下次水族館約會。》

畫面立刻顯示綿矢學姊已讀。

學姊今天也玩得開心嗎？她會回我《我也玩得很開心》以及《我也很期待下次約會》嗎？

幾分鐘後電車進站，在搭上車時還沒收到回覆。

電車抵達學校附近的車站，我出站走上地面，立刻確認手機。

但是……為什麼呢？學姊沒有回訊。

7

阿透和真織第一次約會的地點，是櫻花大道相當知名的公園。那是兩人開始交往後的第二個週六，初夏。

我有替真織出主意，但沒參與他們的第一次約會。

只不過，以這次約會為界，事情出現明確變化。

阿透得知了真織罹患失憶症，且在知情後，要求真織別把他知道失憶症的事情寫在日記上。

他說，他想多少減輕明天之後的真織的精神負擔。

當時，我還不知道這件事。我身邊充斥著我不知情的事情。

但之後回想起來，其實很明顯。因為從約會後的隔週起，阿透對真織的態度清楚改變。

阿透原本和我相同，是有點冷漠的人。

這樣的他，放學後為了真織修理遭棄置在學校停車場中的自行車。

為了讓真織開心，他開始替真織實現想做的事情。在無人的田畦小路上，讓真織坐上自行車後座，使出全力踩踏板雙載。

阿透原本是與勉強自己或胡來扯不上關係的人。看小說，保持家裡整潔，泡個紅茶安靜度過，高中畢業後要當公務員，他就過著如此實際的人生。

這樣的阿透為了要讓真織開心，為了讓真織筆下的日記充滿開心記憶，正胡來亂來。他為了真織而活。

真織在阿透身邊歡笑，不，不只真織，阿透也在笑。

兩人在那之後，逐漸走上情侶的道路。

第二次稱得上約會的約會地點是假日的水族館，這我也一同參加。我發現阿透的變化，懷疑他是否已知真織的秘密。

但不知是怎樣的偶然，那天，我也得知阿透的秘密。

約會當天，我們約在都心轉運車站前的時鐘底下會合。和車站相連結的大樓裡有書店進駐，我在會合時間前去了一趟書店。

西川景子　芥河賞入圍作品　發售紀念簽名會

很令人驚訝，當年第一次獲得芥河賞提名的西川景子在此舉辦簽名會。

我離開書店前往會合地點，不一會兒，表情有點怪異的阿透現身。真織還沒到。

因為阿透也是西川景子的書迷，我就提到簽名會的事，結果……

「西川景子，其實是我姊姊。」

此時我才知道，阿透有個大他六歲的姊姊。

同時得知，那就是西川景子。

阿透母親過世後，他姊姊代替母親照顧年幼的他。且代替妻子死後大受打擊而逃避現實的父親，包辦了所有家事。

而他姊姊有寫小說的才華，十幾歲時已經闖入知名文學獎的最終審查。但她為了阿透和父親，放棄成為小說家的夢想。

而讓姊姊步上小說家道路的人，就是阿透。

阿透對姊姊說，包含爸爸的事情在內，他會接手家中所有事情，在升上高中前要姊姊教他做家事、做菜，接著放姊姊自由。

結果，姊姊離巢走上自己的道路，甚至成為芥河賞入圍作家。

「這樣啊……嗯，發生了很多事情吧？我明白了，你別在意我們，去和姊姊說話吧。」

阿透在約會前偶然造訪書店，接著和姊姊重逢。

因為簽名會中無法講話，他們約好會後再談。

「我會對真織好好說明，你不用在意。我們也會不客氣地享用便當。話說回來，可以告訴真織你姊姊就是西川景子嗎？」

「那沒問題，她不是那種會到處說的人。而且，她是我的女朋友啊。」

「女朋友……啊。我一開始還以為你們在開玩笑，或是因為類似的原因交往，但我總覺得你最近很有男友的樣子，嗯，很有男友的樣子，努力想要讓真織開心。但在我看來，也覺得你有點顧慮她顧慮過頭了。」

阿透為了水族館約會準備了三人份的便當，我接下便當，試探性地問他。

我懷疑，他該不會知道真織有失憶症的事情吧。

人潮洶湧中，我們看著彼此。

「妳不能對日野說。」

阿透如此一說，用認真的表情與語氣繼續道：

「我認真地喜歡日野，妳或許會覺得我在說什麼理所當然的話，但我認真地喜歡她，所以只要我能力所及，任何事情我都想為她做。不，說想為她做太傲慢了。

如果能讓她開心，我什麼都願意做。我是這樣想的。」

阿透的眼神和我剛認識他時不同，其中有對真織的真摯心意。

痛切感受這點的我問阿透：

「為什麼不能告訴真織？」

「那還用說，我會不好意思啊。」

「你才不是那種個性咧，欸，神谷啊，你該不會……知道真織的事情了吧？」

我直直盯著阿透的眼睛看，想推敲他的真意。

他的眼神平靜，沒有絲毫動搖。

「嗯，我知道。」

「你為什麼會知道？真織告訴你的……應該不可能吧。」

「不，是日野告訴我的。但我拜託她別把這件事寫在記事本和日記上，今天的日野……不知道我知道她失憶的事情。」

這句話嚇了我一大跳，阿透含蓄地微笑。

「妳不能告訴她我知情喔。」

阿透為了和他姊姊見面而離開，真織也在約好的時間抵達。

我對真織說明阿透和姊姊的事情，和她一起前往水族館，邊等阿透來邊逛。

那時，我已經沒有「真織或許會被阿透搶走」這種幼稚的嫉妒了。

我面對事情，馬上就會區分出內、外。在這之前，阿透都在外側，變得要好之後我也沒有解除對他的警戒。而這在那天，全部改變了。

在知情真織有失憶症仍努力想讓真織過得開心的阿透，讓我另眼相看。

不知何時，阿透已經走進我的內側了。

逐漸地，我開始對三人混在一起，三人一起出去玩感到喜悅。

另一個週末，我們三人一起去遊樂園。剛放暑假時，三人一起看網路直播，守候著芥河賞的得獎公佈。得知西川景子獲獎時，三人一起歡聲喜悅。

我們總是三人。那有著強而有力，滿足的幸福。

但對於三人在一起感到喜悅的，或許只有我一人。

不知何時開始，阿透和真織兩人獨處的時間越來越長。這樣說或許聽起來很奇怪，但對我來說就是這樣。三人在一起的意義越來越淡薄。

真織只要有阿透就好，阿透只要有真織就好。

這也是當然，因為他們兩人是情侶啊。

暑假最後一天，他們兩人說要去煙火大會時，我婉拒他們的邀約。

其實我想著或許有天三人會一起去祭典而準備好浴衣，其實有點期待。

但他們已經不需要我，我只會打擾因愛情相連的他們兩人。

我只是個朋友A，只是好友……我當時根本沒有發現，我就快要，就快要喜歡上阿透了，就是這樣沒有戀愛經驗的女人。

煙火大會那晚，我獨自待在自家公寓裡。從窗戶往外看，在鄰鎮舉辦的煙火大會的煙火，雖然很小但能看見。

明明沒有意義，我還是換上浴衣，獨自一人眺望打上天際的煙火。

他們兩人，肯定近距離看著這個煙火吧。手牽著手，以情侶身分一起度過吧。

我邊想著這種事情，邊感受夏日即將結束。

那就是我的十七歲。

8

我做錯什麼了嗎？還是我誤會了？

很沒用地，我非常在意學姊沒回訊。

或許只是我自作多情，學姊可能對和我之間的事情感到困擾，如此一想讓我恐懼起來。

只不過，也可能是我想太多。因為只要在學校裡碰到學姊，我們又一如往常地聊天。

但從第一次約會後，學姊會在聊天時突然發呆，看起來像在深思些什麼。今天也是如此。

「學姊，妳還好嗎？」

「咦？啊、嗯。對不起。」

我一喊，學姊擠出笑容，正如字面所示是擠出來的感覺。

「妳該不會沒睡吧？妳之前也曾在圖書館裡睡覺，是不是很累啊。」

「啊啊，那是因為前一天寫東西寫到很晚，所以有點睡眠不足而已。」

「寫東西是寫報告之類的嗎？」

「不是，是我個人的東西，算有期限的……總之我現在有好好睡，你別在意。只是有些事情需要思考。」

我擔心該不會是和我之間的事，不禁繃緊身體。很想問，但沒有勇氣進一步開口。

「那個，如果有我能幫上忙的，請妳別客氣儘管開口。」

取而代之地，當我發現時已經脫口說其他話了。

學姊沉默注視著我，不知為何悲傷一笑。

「沒事的。你真的就是那個耶，很溫……」

學姊說到一半又閉上嘴，我望著她追問意思，「沒有，沒事。」她如此回應。

結果，包含訊息的事情在內，我決定別想太多。因為我認為綿矢學姊不希望如此，那我逕自替她擔心也沒用。

但或許，我應該要更加慎重地思考這件事才對。

在約好要一起去水族館的兩週後，我和綿矢學姊如約前往。

和之前相同上完課後會合，搭地下鐵前往水族館最近的車站。

「夜間水族館」的活動從下午五點開始。

外面天空已被寂寥的橘紅席捲，但一進水族館，燈光創造出的奇幻空間迎接我們。這完全是以大人為客群的裝飾。

「哦，氣氛挺不錯的耶。」

我和學姊兩人在館內逛，氣氛比我想像的還棒，讓我莫名緊張起來。

身邊全是成雙成對的情侶，也有許多人親密地手牽手看著水槽。

我心裡想著，今天不知道有沒有機會和學姊牽手。實際上，我也曾把視線放到學姊白皙纖細的手指上，但真的要伸出手時又讓我遲疑。

「你怎麼了？這麼安靜。」

「啊，沒有……只、只是有點緊張。」

我回答後又反射性看學姊的手。我想學姊也發現了，但她沒有特別說什麼。

「機會難得，我們要玩得盡興啊。快走吧。」

學姊十分熟悉地在間接照明照射下的通道前進，我問她之前有來過嗎，「只來過一次」她如此回答後又接續「高中時」。

高中時，那是和過去的男友一起嗎？

邊感受些微心痛，也和她一起欣賞各式魚種悠游水中。一段時間後，學姊在某個水槽前停下腳步。

一條巨大的魚，與其說在水中游，更該說是在水中優雅飛行。

「是魟魚呢。」

「不管怎麼切都是魟魚呢。」

「……魟魚能吃嗎？」

「成瀨學弟，在水族館裡說這話需要很大的勇氣耶，館員可能會嚇到喔。」

我因學姊的戲弄慌張起來，這發言或許很不恰當。

學姊看到我驚慌的模樣笑了。這讓我感到開心，但學姊的笑容不一會兒便消失。她的視線再次回到水槽，輕吐：

「這孩子，現在仍舊在這裡呢。」

又來了……學姊一瞬間從「現在」消失蹤影，她是對什麼感到無常？

她說她高中時曾來過這個水族館，是這段時間內出現什麼改變了嗎？

學姊變得沉默，邁向下一個水槽。我一句不發，只是靜靜看著她的背影。

太陽下山完全天黑後，到了戶外夜間海豚秀的時間了。

觀眾比我想像得多。和館內相同，這裡也用穩重色調的間接照明，和在藍天底下看的海豚秀別有一番趣味。

海豚秀在這種氣氛中開演，我和綿矢學姊在眾多情侶包圍下，看著海豚躍來跳去的模樣。

眼前的男女悄悄牽起手，這一幕讓我的手抽動了一下。

會不會太厚臉皮？會不會讓學姊不高興？雖然緊張，我還是豁出去握住綿矢學姊的手。

我曾在哪讀過，戀愛就是「用宛如死亡的悲傷，想握住彼之手的心情」，而戀愛最大的幸福也在此。

身邊的學姊看著我，對我微笑。

「啊……」在我心中冒出如此想法時，學姊拉開我的手。

學姊的視線拉回海豚秀上。

瞬間湧上反省與後悔，我想說出「不好意思」來道歉，但無法立刻說出口。等待海豚秀結束後急忙道歉，學姊柔柔笑著搖頭。

「差不多該回去了。」

我在學姊催促下離開海豚秀會場，好羞愧，覺得自己粗神經及厚臉皮好沒用，只能沉默。

走出水族館時，時間已過晚間七點半。

「那、那個……已經這個時間了，如果妳願意，要不要一起去吃晚餐？」

老實說，我以為會被學姊拒絕，我就是做了會讓她拒絕的事情啊。

但學姊回答「好啊」，非常自然且普通。

靠著手機導航步行前往店家。

附近有家窗戶大，給人開放感的義式餐廳。我之前曾想過或許可以去那邊吃晚餐，好險還有座位。

面對面在位子上坐下，儘管不習慣還是點完餐。

經過今天後我重新體認，我不成熟得幾近羞愧。不只經驗值不足，也不從容，特別是在綿矢學姊面前動不動就會迷失自我。

我邊反省邊有深刻體認，就是如此喜歡這個人，喜歡到失去所有從容。喜歡眼前這位，名為綿矢泉的女性。

在我定定看著學姊時，她發現我的視線。

「怎麼了嗎？」

「沒有，那個……我覺得好美。」

「咦？」

「啊，不是，景色之類的。然後，那個……這裡是連夜景也很美的地點呢，哈哈。」

由這個對話起頭，我又能和學姊正常對話。學姊調侃我，我慌張。接著，學姊笑了。各自享用端上桌的料理。

我心臟撲通撲通跳個不停。心想，這種緊張與喜悅間的感受，或許正是戀愛妙不可言之處。

即使只是戀愛家家酒，我也想要和學姊一同堆砌更多時光。

模仿可能只是仿冒品，但也可能成為開始的契機。

因為不停重複模仿後，極可能弄假成真。

所以……

「對不起，我們別再交往了吧。」

學姊突然這麼說時，我不太能理解這個意思。

在談天說笑氣氛不錯之後，學姊得體微笑著如此說道。

我隨著幸福刻劃節奏的心跳，突然轉變為冰冷劇烈的跳動。

學姊剛剛說了什麼？

或許是我聽錯，或許是我搞錯意思。交往有很多種意思，和她一起出去玩或陪她去買東西都是一種交往。

我太緊張了，很有可能把這個詞解釋成不對的意思。

「那個，妳、妳剛剛說……」

「我們別再交往了，別再……當情侶了。」

但並非我會錯意，正如字面所示，學姊要解除我們的情侶關係。

我的世界頓時變得沉重。

餐廳裡原本不在意的聲音突然竄進耳中，刀叉摩擦的聲音，情侶間開心的對話，在大廳工作的服務生的聲音。

在這之前綿矢學姊占滿了我的世界，讓我毫不在意這些事情。

而這個世界，在此一瞬間消失。

「為什麼、呢？因為我今天做出失禮的事情……」

好不容易問出口，綿矢學姊搖搖頭。

「不，不是。只是我最近一直在思考。」

「妳思考什麼？」
「你是認真喜歡我對吧。」
感覺現在出現了別無選擇的選項。
要是我回答「對」，那就違反了交往的條件。
要是我回答「不」，那很明顯是謊言。
因為我是如此喜歡學姊啊。
該怎麼辦才好？該怎麼做才能恢復以往？才可以繼續和學姊交往呢？
我沒回答學姊的問題，低下頭。
但是，我很清楚得說些什麼才行。如果不說什麼，我們會就這樣結束。
「學姊為什麼……為什麼願意和我交往？」
即使如此，說出口的卻是這樣虛弱的話語。宛如只能不由分說地，接受結束。
「對不起，其實我自己也不清楚。」
我不由得抬起頭，學姊表情透露出痛楚悲傷的神色。
「我有件事忘不了……但我很清楚，我非遺忘不可。或許我是想著，只要假裝戀愛就可以解決一切吧，談一場彼此都不認真，空有其表，只是樂在其中的戀愛。」

只是樂在其中的戀愛。這是學姊所追求的，但那和我給出的東西有所不同，是這個意思嗎？

不管怎樣……

「那我們從現在開始吧，談一場純粹樂在其中的戀愛。只要我小心注意就好了對吧？我不會再更靠近學姊，所以……」

我拚命表達，因為有理由讓我拚命。

但學姊沒有接受。

「結束吧，打從一開始就太勉強了。我早已隱約察覺遲早會變成這樣。」

「咦……」

「而且我一開始就說過了吧？我討厭溫柔的男生。」

溫柔，是一無所有的我最起碼得具備的「什麼」。

但這在學姊面前是多餘之物，甚至只是阻礙。

「妳為什麼討厭溫柔的人？」

儘管驚訝，我仍問出曾經問過學姊的問題。學姊毫不迷惘地回答：

「溫柔的人，是好人對吧。那種人啊……會早死。」

我不知道這是學姊的真心話，或者為了讓我放棄才說出口的話。

我只知道，「現在的我不管怎麼做都無法和學姊交往」這個事實。

在我沉默時，學姊站起身。

「謝謝你之前和我交往，對不起，把你耍得團團轉。但是，我很開心喔。」

學姊拿起桌邊的帳單。

在我開口說話前，她先笑著說：「當作你陪我到今天的謝禮，那麼再見。」

不給我任何見縫插針的機會，颯爽離去。

只留下我一人。

學姊結完帳後，開門離開店家。我坐在椅子上，聽見宣告結束的鐘聲。

轉頭一看，窗外昏暗，店內明亮的燈光因而倒映在玻璃窗上。

我也倒映其中，無所知悉學姊任何真實一面的我。

過不久開始放暑假，這個夏天也轉眼間結束。

這段時間內，我一次也沒能和學姊說上話。

不知情的她的，無從得知的她

1

八月十二日（週日）

在自家的早晨：沒有變化。做繪畫教室的作業等等。

午後　　　：三點和小泉約在咖啡廳會合喝下午茶。

在自家的夜晚：沒有變化。繼續做繪畫教室的作業。

和小泉的事情：三點和小泉約在咖啡廳會合喝下午茶（當天的店和菜單參閱「餐飲店」項目）。

大學一年級的小泉正在放暑假。但這個暑假似乎非常長，她說她閒到發慌。大學生好像也有大學生的煩惱。我開玩笑說我每天都在放暑假耶，她就笑了「真織現在真實表現小學生的夢想」。

聊了我的現狀，失憶症似乎還沒辦法治癒。即使如此畫畫非常有趣，我把在繪畫教室畫的畫拿給她看，她誇獎我一番。

小泉問我想做什麼，百般煩惱之後，決定後天和小泉一起去唱卡拉ＯＫ。但如果到了那天我不想去，當天臨時變更行程也沒問題。小泉還是這麼體貼溫柔。

開玩笑說著難得正值夏日，真想談個戀愛呢。小泉露出男子漢的表情說：「那麼小姐，妳要不要和我談戀愛呢？」

這是我們倆一如往昔的開心對話，也聊戀愛話題。當我問她她在大學裡是不是很受歡迎，她回我完全沒那回事。而這大概，在說謊。

這是過去的我們也很好奇的事情，所以我問了她喜歡哪類型的異性。她說「要我告訴妳也行，但妳別寫在日記裡喔」，小泉接著思考了一會兒才回答「不會做家事的人」。

我問她理由，她笑著說：「因為感覺會做家事的人，和大而化之的我合不來啊。」

把這次得知的新事實偷偷寫在「手冊」上小泉的項目當中，為了慎重起見也寫在這邊。

小泉喜歡的類型：不會做家事的人

我邊用筆電回顧一年前的日記，倏然抬起頭。

積雨雲在窗外飄動，刺痛眼的耀眼日光照入自己房內。

今年春天，我的失憶症痊癒，而現在，迎來痊癒後的第一個夏天。

我昨天睡前吃了冰淇淋，草莓口味的冰淇淋相當好吃。

我理所當然地記得昨天發生的事情。確實逐步堆砌僅屬於我「日野真織」的人生。但到今年春天為止，我還沒辦法做到這件事。

手邊的筆電裡，留有我從高二的五月到高中畢業，以及畢業後大約一年份的日記。

登場人物主要有兩人，我和摯友小泉。沒有全新加入的成員，反之也沒有減少，我和小泉度過的每一天就在這裡面。

那是我每天一字一字敲出來的東西，我現在讀的是高中畢業之後的日記。那時的我悠閒度日，因為興趣的一環到繪畫教室學畫。

沒補習也沒念大學是有理由的。

我在高二黃金週假期中遇到車禍，之後罹患失憶症長達約三年時間。名為順向性失憶症的特殊障礙，簡單來說，就是我沒有辦法累積車禍之後的記憶。

但令人感激的是，在這種狀況中，我身邊有小泉陪伴。

在小泉的支持與學校協助下，我才能繼續念高中且順利畢業。

而在失憶症痊癒的現在，我到補習班上課，比過去的同學們晚了兩年，以考上大學為目標。

在我回顧日記時手機響起，畫面顯示小泉的名字。

「唷呵～真織，過得好嗎？」

一接起電話，最愛的摯友聲音傳進耳內，只是這樣就讓我展露笑容。

但我在此突然驚覺，倒抽一口氣纏繞上嚴肅氛圍。

我缺乏重要的什麼，決定性不足。這是為什麼，為什麼呢？

「……小泉，妳聽我說。我不知道為什麼會這樣，然後我現在非常煩惱。」

「咦，真織？」

吐氣，再用力吸飽，接著……

「我、我……明明現在放暑假，我卻沒有男友！」

接著說出這個笑話。這是從未交過男朋友的我，以夏日為題使出渾身解數說出的笑話。

電話那頭的小泉陷入沉默，幾秒後噴笑。

「妳這次從全新的角度發動攻擊了耶。」

「哎呀～每次都說『我想不起來三天前晚餐吃什麼』妳應該會膩啊，所以我這次別出心裁一番。」

瞬間解放刻意挑高的緊張感後大笑。

這是對象是小泉才有辦法辦到的慣例對話。當小泉早上來電時，我就會說些假裝自己還有順向性失憶症的笑話。

或許稍微不得體吧，但我用這方法讓自己笑看過去曾身負的障礙。

很遺憾，失憶症期間的記憶無法回到我腦海，雖然有時似乎要想起些什麼，但那些始終沒有覺醒，仍沉睡在我心中。

即使如此，肯定也沒必要悲傷。因為重要的事情全部寫在筆電裡，因為所有一切都保存在檔案之中。

更重要的是，摯友小泉就在我身邊。

「話說回來，小泉對不起，每次都要妳陪我說這種奇怪的對話。」

「妳別在意，我也是因為想聽真織講笑話才打電話的啊。」

「這是笑話也是我悲痛的吶喊。」

「少來了～～真織，妳明明不想要和誰交往啊。」

「確實如此，雖然不知道為什麼，還真是不可思議。」

我今天預定下午要和電話的對象小泉去約會。

雖然短暫，升學補習班現在也在放暑假，我們計畫吃完午餐之後，要去服飾店、雜貨店、書店等等地方走走逛逛放鬆一下。

「順帶一提，真織妳今天打算怎麼穿搭？」

「小泉要穿燕尾服，那我就配合妳穿婚紗好了。」

「妳可別踩到裙襬跌得四腳朝天啊。」

從高中起就是這樣。我們的對話充滿戲言，討論穿搭避免撞衫後掛斷電話。

為了準時抵達，做好準備跟家人說一聲之後出門。

我的升學補習班附近有間感覺不錯的義式餐廳，我每次經過都想進去看看，預先訂位後今天要直接在店裡會合。

前往車站途中，我仰望天空。飄浮積雨雲的天空無比湛藍，日照化作光芒照耀大地。

當我注視晴空的湛藍時，前方傳來愉悅的聲音。

我不禁轉過視線，大概高中生年紀吧，男孩和女孩雙載騎自行車開心地大叫從我身邊經過。

一瞬間，過去讓我看到什麼畫面，讓我聽見什麼聲音。

『很好喔喔喔！快衝快衝～～！』

那是……什麼？

感覺過去我曾坐在自行車的貨架上，喊出這樣的話。

感覺一瞬間也看見身穿高中制服踩自行車的男生背影。

不禁深思那是誰，但我毫無頭緒。

大概是和小泉的背影搞混了吧，高中時代的日記中有我和小泉騎自行車雙載的內容。

雖然就快想起些什麼，我還是再度邁開腳步朝車站前進。

在預定時間準時抵達餐廳，告訴店員訂位姓名後，得知小泉已經到了。服務生告訴我座位後走過去。

「咦？妳沒穿婚紗啊？」

坐在椅子上的小泉發現我之後微笑，雖然每天都會互傳訊息，但因為我忙於暑期課程中，我們已經兩週沒見了。

「我是考生，滑鐵盧感覺是壞兆頭啊。」

「什麼嘛，我都準備好燕尾服要中場換裝了耶。」

「太可惜了，只能留到婚宴上了。」

邊笑邊坐下，不一會兒，服務生送上菜單，我有點緊張還是點了划算的套餐。

和有點裝大人的我相反，小泉很是穩重。

「到了大學二年級，就會覺得義式餐廳沒什麼大不了嗎？」

「才沒那回事，我和大學同學都是去居酒屋。」

「是喔，那妳不太常去時髦的店囉。」

「我只會和真織去那種店約會。」

小泉說著朝我拋媚眼，我也開心地笑了。

當我們聊得正開心時，前菜等料理端上桌。我們邊拍照邊嘻嘻哈哈地開心吃午餐。

話題終於來到我的學習進度，開始聊起我想念哪間大學，以及小泉現在所念的大學。

「小泉現在上大學也沒交男朋友嗎？」

我一問，小泉輕輕挑眉，苦笑著回答：

「和妳不同我沒有桃花啊，也沒有戀愛經驗。」

「妳少來了啦，而且我也沒有交過男朋友啊，沒有戀愛經驗。」

「……就算有人向妳告白，妳也都拒絕了嘛。」

「妳也是一樣吧？妳高一時，不是有高二的學長向妳告白。」

「啊～對耶對耶，真令人懷念。」

「對我來說還是不久前的事情，我可是記得很清楚。」

小泉總是會說些她是很冷淡，不知道在想什麼的人等貶低自己的話。

但我知道，小泉是比任何人都溫暖，充滿人情味的人。

證據就是在我罹患順向性失憶症時，小泉體貼著我，讓我每天都能快樂生活。實現我想要做的事情，讓我過得很開心。

過去的我因此得到救贖，我打從心底感謝她。

但是，這樣的小泉似乎對戀愛沒興趣，一直沒交男友。我想她在大學也有人對她告白，但包含這些在內，她總不願說自己的事情。

「小泉啊，妳到底喜歡怎樣的人啊？」

即使如此我還是很好奇，今天也脫口問出這個問題。

「又來了，這個問題。」

「哪有又來，也才第三次而已吧？」

「……也是，是這樣沒錯啦。」

其實這是我的謊言。今年春天失憶症痊癒之後是我第三次問這個問題，但我知道我之前也曾問過。因為高中畢業後的日記中曾經出現。

小泉似乎交代我不可以寫進日記裡，但過去的我怎樣都很在意，所以就寫下來了。

・討厭溫柔的人
・會做家事的人和她合不來
・擅長做菜的人也不行
・也不喜歡機靈的人
・和很愛家人的人也合不太來
・最好是別太認真的人

把我寫在日記裡的資訊統整之後，小泉喜歡的人大概是這種感覺。

我的想像力匱乏也是部分原因，但我覺得這樣一來只有「廢物」符合這些條件耶。或者是她喜歡不在乎家人及身邊的人，類似工作狂之類的人啊。

但我今天一問，小泉又說出了與先前完全不同類型的人。

「年紀別比我小比較好。」

她之前都沒提過年紀的事情，讓我嚇了一跳。

「這是……呃，為什麼？」

「嗯？沒有啦，是為什麼呢？印象吧。」

「印象？」

「嗯，總覺得……年紀小的男生有犧牲奉獻感。很單純，直率。不知該說不太適合我，還是對我來說太浪費了……」

「妳該不會在學校裡發生什麼事了吧？」

「沒有沒有，怎麼可能。」

小泉笑著打太極，但我知道。

她大概在學校裡和比她年紀小的男生發生什麼了吧。

即使如此，她不主動說這件事就表示她不想說。

「順帶一提妳怎樣？在補習班之類的。」

「咦，我嗎？嗯～～對大家來說，我跟重考兩年差不多啊。年紀也有點差距，什～麼也沒有。」

「少來了，妳之前才說過有人突然向妳告白，還敢說咧。」

在那之後也邊盡情享用了義式餐廳的餐點，與小泉共度歡樂時光。

吃完午餐後上街買東西，小泉喜歡男性化的東西，而我相反比較喜歡女性化的東西。

在服飾店讓對方試穿自己喜歡的穿搭，然後拍照一起歡笑。我也挑戰小泉認為很適合我的褲裝後購買。

也去雜貨店逛逛，兩人一起共度的時光轉眼即逝。

在我們暫時休息喝個茶之前，也先繞去書店一趟。我想要找參考書，小泉也說她有想買的書。

「還擺在這邊耶，還真受歡迎。」

我們走進的那家書店裡，小泉喜歡的西川景子的小說就陳列在店頭。

「電影評價很好，也還在上映中嘛，暑假期間應該會一直在這吧？」

小泉說完後微笑，視線轉向熱賣中的書。作者的照片也一同擺設出來，大概因為是位美女，我不可思議地看著著迷了。

「真織，怎麼了？」

「嗯？沒有，我覺得應該沒事啦……我以前應該沒見過這個人吧？」

「……應該有吧？」

「咦？騙人。」

「在雜誌或電視上啊。」

小泉在此咧嘴一笑，我這才發現我被她耍了。

在書店裡分開去買自己的東西，會合後前往附近的咖啡廳。

在那邊也喝飲料邊開心聊天，我在書店照預定買了參考書，小泉則是買了幾本小說。

此時我突然想到一件事。

「這麼說來，小泉妳之前說妳在寫小說對吧，進展怎樣？」

我一問，小泉微微睜大眼。

「咦？妳記得？」

「當然記得啊，那是我失憶症好了之後的事。」

「啊，是這樣說沒錯啦，就被妳理所當然記得嚇到了啦。」

小泉是在今年黃金週假期時告訴我這件事。

小泉來我家玩，看到我為了解悶畫的畫時脫口說出：

『我也想像妳一樣找個創作類的興趣……我最近開始寫小說了。』

國中時，參加美術社團的我幾乎每天都會畫畫，但上了高中忙於課業沒有參加社團，畫畫的習慣也中斷了。

而我再次拾筆作畫，也是因為失憶症。

羅患順向性失憶症之後，我還以為我無法累積任何事情，但其實我還有可以累積的東西，那就是被稱為「程序性記憶」的記憶。

程序性記憶是用身體記住的記憶，即使得了失憶症，身體也還牢牢記住該怎麼騎自行車就是個例子。

在日記中，羅患失憶症的我得知這件事後非常高興。深深感謝發現這件事情的小泉，每天畫畫並從其中感受自己的進步而滿足。

在我病癒後開始去補習班之後，偶爾也會為了散心畫畫。作畫練習用的速寫本也增加了。

看著其中一本速寫本的小泉突然說『我最近開始寫小說了』嚇我一跳。

『非常適合博學的妳呢。』

我回話後小泉很是謙虛。

『我覺得沒有那回事……西川景子啊，當上雜誌新創獎項的其中一個評審。那是除了小說，也有徵稿攝影、繪畫的獎項，所以……』

小泉提到寫小說的事情僅此一次，如果可以我很想要發展成對話，但大概是害羞吧，小泉中斷這個話題。

但我現在仍清楚記得這件事。

盡可能自然地問小泉寫怎樣的小說。

「沒啦，不是什麼厲害的東西，還連小說也說不上，比較像代替我整理印象或思考之類的。」

「代替妳整理……那，主角該不會就是妳吧？」

「不是，不是我……是個溫柔到讓人火大的傢伙。」

我一問性別得知主角是男孩子。小泉說如果和自己相同性別會在奇怪的地方過度真實，或是會讓她百般計較。

小泉看起來不太想多說，但我真的很在意，決定問出最後一個問題。

「那個男生，最後會怎樣？」

小泉突然沉默凝視著我，最後，她的眼睛浮上悲傷神色回答：

「他會，突然消失。」

我和小泉上高中後才認識。兩人共度的時光或許不能算多，說她是我的真心摯友也或許是我太自大。

即使如此，我仍舊認為小泉是我一生最好的朋友，這麼合得來，在一起很開心，值得尊敬又可靠的人，除了她以外不作二想。

但我發現了，在我記憶無法延續的三年空白中，小泉心中出現我所不知的部分。

小泉偶爾會露出很悲傷的神情。

我不知那起因於家庭或大學，或者是完全不同的原因。更進一步說，這也可能全都是我想太多……

「真織，別說那些了，我們吃蛋糕吧。到處走來走去我都餓了。」

當我不禁陷入沉思時，小泉開朗地如此說。

我看向她，擠出笑容點點頭。

「小泉。」

「嗯，真織怎麼啦？」

「我們，一直都是好朋友對吧。」

「咦～？妳突然幹嘛啊，這還用說嗎。」

「那麼……看在好朋友的份上，小泉的蛋糕給我吃一口。」

「什麼啊，原來是有這種企圖。那我也要吃妳的一口。」

和小泉在咖啡廳共度歡樂時光，傍晚時分道別。

回到家後才發現小泉傳訊息給我。

看了內容後不禁莞爾。除了謝謝我今天和她一起玩之外，還把我們在咖啡廳拍的自拍照傳給我。

螢幕上出現兩人笑得開心的身影。

2

小泉總是帶給我喜悅，在我面前開心歡笑，絕對不說、不表現她自己的煩惱或擔憂。

但是，不表現並不代表她沒煩惱。理所當然地，世上有多少人就有多少故事，其中就有多少喜悅與掙扎。

所有人，心中都有各自懷抱的故事。

我重新深刻體認這件事，是在幾天後補習班暑假的最後一天。

我在小泉的大學裡遇到她的學弟。

那天前一晚，我和小泉講電話講得太開心，便提議乾脆隔天見個面。但講到一半小泉突然想到什麼，我一問，她很抱歉地回：「對不起，雖然在放暑假，但我明天有事要去學校一趟。」

接著我突然想到，我從以前就對小泉念的大學很有興趣。機會難得，我和小泉商量之後，決定如果不困擾，我也跟著小泉一起去學校玩。

當天早上離開家門，搭乘地下鐵前往小泉的大學。

「真織對不起，還讓妳特地過來。」

「才～沒有咧，我很想知道大學的事情啊，正剛好。」

我和小泉在校門口會合，辦理手續後步入校內。

高中完全無法相比擬的寬敞腹地，建築物也是大片玻璃落地窗相當氣派。

當我想著暑假期間人真少，也是看見零星人影。

剛好正值午餐時間，小泉帶我去「比較漂亮那個」學生餐廳吃飯，我還以為學生餐廳小又樸素，但那超越我想像的開闊，嚇了我一跳。

「大學比我想像的還寬敞，真有趣，讓我覺得好想住下來。」
「那感覺會變成學校七大不可思議事件之一，請妳放棄。」
「每晚徘徊的女鬼之類的？」
「沒錯沒錯，喊著『讓我沖澡～給我洗髮精、潤髮乳～』這樣。」
小泉要交作業給教授，所以我們約好在圖書館會合，吃完午餐下午就各自行動。
小泉事情辦完前，我就在學校裡散步。也前往早上一直很好奇，外訪者也能使用的氣派圖書館。
圖書館幾年前才剛整修完，裡頭是現代化裝潢。雜誌館藏也很豐富，甚至還有國外的時尚雜誌。
「不、不好意思……」
正當我要離開雜誌區時。
有人從我背後喊我，轉過頭只見一位男性站在面前。身高還算高，身材纖瘦感覺很溫柔的男生。大概比我小。
什麼事啊？我有乖乖辦理手續才入館，但該不會被當成可疑人物了吧。當我不解看著他時，男孩繼續說：

「請問……妳是綿矢學姊的朋友嗎？」

「綿矢學姊是……啊，對，沒有錯。咦？請問你怎麼知道？」

「啊，沒有啦，我剛剛在學生餐廳看到妳們。那個，我家住附近，暑假也每天來學校。所以……」

找我說話的他大概很慌張，連不必要的事情也全說出口了。

他喊「綿矢學姊」，肯定是小泉的學弟沒錯。但我沒聽小泉提過他，這也是當然，小泉不太愛說自己的事情。

「你是小泉的學弟？」

為了確認回問後，眼前的他突然露出開心表情。

「對、沒錯！學姊該不會跟妳提過我的事情吧？」

「呃……對不起，應該沒有吧。」

「啊，是這樣啊。」

上一秒還很開心的他突然迅速轉變為悲傷表情。這種說法或許不太禮貌，但他喜怒哀樂全寫在臉上，讓人看不膩呢。

只不過，站在這邊說話會帶給旁人困擾，我們就換個地點。館內有好幾處休息區，我們一起移動到人最少的三樓休息區。

「那個……其實我到暑假之前，都還和綿矢學姊交往。」

在此，我從他口中聽到難以置信的話。說自己對戀愛沒興趣的小泉，竟然和眼前的他交往過一段時間。

我嚇到無法吭聲好一會兒。

「咦……你和小泉？」

「對。但正確來說，應該算跟遊戲差不多感覺吧。」

我一瞬間懷疑他在開玩笑，但他特地來找我開玩笑或說謊也沒意義。最重要的是，眼前的他看起來不像會做出這種事情的人。

也就是說，他真的和小泉交往過。

「我完全不知情。」

「……或許是綿矢學姊不認為那是在交往，所以也沒告訴妳吧。」

「是這樣……嗎？但小泉從以前就不太愛說自己的事情。」

此時才發現，我們兩人都尚未自我介紹。

簡單互相介紹後。他是小泉同系的學弟，名叫成瀨，第一次和小泉說話是在聚會上。

正如我瞞著補習班的同學一樣，我也沒對他說自己罹患失憶症的過去，只說我和小泉是從高中起的朋友。

成瀨得知後語調沉靜地說：

「高中起……那妳知道綿矢學姊高中時和怎樣的人交往，對吧？學姊現在似乎還沒有辦法忘記對方。」

我想，我應該不自覺瞪大雙眼了。因為這更是超乎我想像的一句話。

小泉高中時有交往對象？

我有點混亂。這是真的嗎？至少在我記憶尚存的高二黃金週前，小泉並無與誰交往的跡象。

學長們的告白也全被她拒絕了。

而在我罹患失憶症之後，她幾乎每天都陪在我身邊，應該沒有時間和誰交往，我的日記裡也沒寫過這種事情。

「對不起，我不清楚。」

「咦？」

「你說的是真的嗎？那個……我不管怎麼想都沒有頭緒耶。」

這次輪到成瀨被我的話嚇一跳。

當我們倆一頭霧水互相對視時，我轉成靜音模式的手機震動起來。

小泉傳訊息給我。

《對不起讓妳久等了。事情辦完了現在去圖書館喔，妳在哪？》

我不禁注視眼前的成瀨。

小泉有她的世界，其中肯定有她不想讓我知道的秘密。眼前的他或許正是此類，或許高中時的那個也是……

我盡可能想不去碰觸，但高中時的事可能與我的過去有關。我自以為失憶症期間的事情全記錄在筆電裡，但或許因為什麼因素沒寫下來。

「對不起，小泉待會就要來圖書館了……我想，你應該不太想讓她看見我們兩個在一起吧？」

他沒在小泉也在時過來搭話，我也隱隱約約察覺了。

知道小泉要過來之後，他有點慌張。

「啊，對……不好意思，說得也是。」

「雖然今天沒辦法，但改天可以抽時間嗎？如果方便，想請你告訴我小泉高中時可能有男朋友這件事。」

成瀨對我的提議感到驚訝，也說著「這是當然」後點點頭。

我們當場交換通訊軟體的帳號，小泉可能已經抵達圖書館，簡單打招呼後和他分別。

《對不起，我不知道可不可以在館內用手機，回訊晚了。》

《別在意，在第一次到的地方這部分會很不知所措嘛。》

《我現在在圖書館三樓的洗手間，去圖書館外等妳就好了嗎？》

《外面很熱，妳在一樓門口附近的雜誌區沙發上坐著等。我馬上過去。然後姑且說一聲，只要不拍照也可以用手機，妳放心。》

我照指示移動到一樓的雜誌區，不一會兒小泉就出現了。

「真織對不起，讓妳久等了。」

「我沒等很久妳別擔心，在學校裡散個步時間一下就過去了。」

「這樣就好，玩得開心嗎？」

「……嗯，好多驚奇。」

小泉說著「這樣啊」對我微笑，接著我們到附近的咖啡廳喝茶。上午也相同，周遭的人都關注著小泉走路的模樣。

「那家店氣氛很好蛋糕也很好吃，妳一定會喜歡。」

與高中時相比，小泉現在變得更漂亮更成熟。因為她母親是設計師，耳濡目染下她也培養出很棒的審美觀，便裝的品味很棒。

距今約半年前的春天。

我失憶症剛痊癒立刻來見我時，小泉化著和高中時相同的妝容，穿著我很熟悉的服裝。

後來回想起來，大概是為了不嚇到時間停留在高二時的我。為了不讓我感覺時間已有激烈變化，小泉對我的體貼。

隨著我對自己的時間與認知逐步前進後，小泉也讓自己的時間往前進。在我面前也變成她現在的妝容與服裝了。

小泉就是如此溫柔，現在也一如往昔支持我，照顧我。

但是……這樣的小泉也有我不知道的一面。

『那妳知道綿矢學姊高中時和怎樣的人交往，對吧？學姊現在似乎還沒有辦法忘記對方。』

那是怎麼一回事？是成瀨誤會嗎？抑或是真的？

當我注視著小泉時，她發現我的視線。

「嗯，真織怎麼了？幹嘛一直盯著我看？」

「咦？啊，沒有啦，只是覺得妳好帥喔。」

「幹嘛突然，我知道了……妳又覬覦我的蛋糕了對吧。」

我在此滑稽回答「啊，被妳發現了啊？」小泉也笑著說「太明顯了啦！」

小泉用著毫無陰霾的爽朗表情，一如往昔笑著。

3

三天後補習班課程結束後，我依約和成瀨說上話了。

他特地到補習班附近來，所以我們約在附近的家庭餐廳見面。

「日野學姊不好意思，謝謝妳在百忙之中抽空出來。話說回來單獨和我見面沒問題嗎？我完全忘了顧慮妳或許有男友這些事情。」
「你不用顧慮那個沒關係，我連交也沒交過男友，完全沒問題。而且你不用叫我日野學姊，可以更輕鬆點喊我。」
「我知道了，那請讓我叫妳日野小姐。」
「嗯，那我也喊你成瀨同學。」
我們在店裡面對面坐下，說完幾乎等同第一次見面的對話後進入正題。
「那麼，關於小泉高中時的男友……我真的沒有頭緒耶，你是在哪知道的？」
「這樣啊……」
聽到我的提問，成瀨有點支支吾吾地開口說起。他近乎失言問了小泉「感覺學姊沒有談過轟轟烈烈的戀愛耶。」以及小泉的回答，還有他們兩人之間的戀愛家家酒。
許多事情讓我驚訝，其中也有讓我特別在意的事情。
「那個，我告白時和分手時，綿矢學姊都對我說了，她說她討厭溫柔的男生，所以……」
那是我留下的日記中也曾記載過的內容。

・討厭溫柔的人
・會做家事的人和她合不來
・擅長做菜的人也不行
・也不喜歡機靈的人
・和很為家人著想的人也合不太來
・最好是別太認真的人

還有小泉就在前幾天提過的「年紀別比我小比較好。」
這是否與和成瀨之間的事情有關呢？
遲疑後我還是沒提這個，只說出小泉以前對我說過的喜歡的異性類型。
成瀨思考後加以整理：
「也就是說，綿矢學姊高中交往的對象可能是個不溫柔，不會做家事也不會做菜，不體貼也不會為家人著想，不認真的人囉。」
這我以前也曾想過，世上或許有人喜歡這樣的異性，但我總覺得不對勁。

「假設小泉高中時有男友……假設她現在仍然沒辦法忘記他。」
「是的。」
「小泉高中時的男友，該不會是完全相反的類型吧？她現在還很喜歡對方，但很想要遺忘……所以才故意想喜歡上完全相反的人。」
我這句話點醒成瀨。
「這……或許如此。綿矢學姊偶爾會露出非常悲傷，非常痛苦的表情，那大概是她想起前男友。」
聽成瀨這麼一說，也讓我想了一下，小泉確實偶爾會露出非常悲傷的表情。
那是因為想起前男友嗎？
只不過，和成瀨聊過之後頂多只知道這些。再來也只能仔細翻閱我過去的日記找線索，或是直接問小泉本人了。
去問高中同班同學也是個方法，但我當時隱瞞同學們失憶症的事情。
雖然現在已經痊癒，但要和過去的同學們接觸還是讓我有點害怕。
「那個，不好意思，讓妳陪我做這種奇怪的事情。如果我那天沒有開口問妳，妳也不需要如此煩惱了。我太輕率了。」

發現我陷入深思的成瀨向我道歉，我慌慌張張解釋：

「你別在意，我也想要多了解小泉，而且我剛剛只是在想其他事情而已。」

「這樣啊。那個，或許我完全幫不上忙，但如果有我能幫忙的還請妳儘管說。雖然我不可靠，但我會努力幫上忙。」

年紀比我小的成瀨說出這值得讚揚的話，接著刻意微笑。

光這個笑容就讓我知道，他是誠摯、有顆溫暖心靈的人。

「你真溫柔。」

「才沒有，只是半吊子的溫柔。隨處可見，完全派不上用場。」

……為什麼呢？感覺溫柔的人總是這樣說。總是把自己的溫柔視為力有未逮之物，無能為力之物。

溫柔明明是無比尊貴之物啊。感覺他打從心底自卑著「自己一無所有」。

但我不知道我是在過去怎樣的場合有過這種想法。

或許是罹患失憶症當時吧。

儘管有留存的檔案幫助我補齊過去，但或許我仍無法完全共享當時的印象及思緒。

想著這種事情讓我的表情不小心變得嚴肅。

「成瀨同學，謝謝你告訴我這麼多，如果我知道了什麼再通知你。然後啊，機會難得。」

為了避免成瀨再次擔心我，我決定接下來要和他開心對話。

也想著藉此機會問問小泉在學校裡的樣子。

成瀨也配合我的態度開朗回應我。小泉和高中時相同，會很隨和地和同學們聊天，但基本上都是單獨行動。

而周遭的人都覺得她這樣相當帥氣。

這讓我覺得還真有小泉的風格而不禁莞爾。

「綿矢學姊偶爾會獨自待在校園裡空無一人的地方，以前我為了要和學姊說話而到處找她過。」

「那也很像她會做的事，順帶一提，她獨處時都在幹嘛？」

「看書或是思考些什麼，很常見她在看用筆記本寫的很像是日記的東西。」

「咦？日記？小泉……有在寫日記啊。」

這是我所不知的小泉的另一面。包含高中時有男友這件事在內，小泉有連好友的我也不知的一面讓我感到些許落寞。

「……我只知道她有在寫小說。」

大概因為落寞而鬆懈，不小心說出沒打算要說的話。

「咦？小說嗎？」

「啊，對不起，我原本沒打算說的……那個……」

大概察覺我有口難言，成瀨朝我溫柔微笑。

「別擔心，我不會說出去，也不打算深究。」

「謝謝你，你能這樣說真是太好了。」

我們很客氣地互相微笑。只是在途中，「啊啊」成瀨突然做出理解什麼事情的反應。

「怎麼了嗎？」

「沒有啦，只是綿矢學姊以前曾說過她寫東西寫到很晚，讓我有點在意……現在想想，該不會就是這件事吧。總覺得好懷念，明明才只是暑假前的事耶。」

成瀨哀傷地微笑，雖然他說他和小泉只是戀愛家家酒，但我能感受他是真心喜歡小泉。

「成瀨同學，打起精神來。」

「啊……不好意思，我感傷起來了。我很有精神的，請別擔心。」

成瀨接著為了表現自己很開朗，對我說他和小泉交往時去約會的事情。

他們兩人一起去看了西川景子小說改編的電影。

「小泉她真的非常喜歡西川景子。」

「是呀，看照片的感覺，她們兩人的類型也有點相近，酷酷的感覺。」

「確實如此，這樣說起來，聽說西川景子當上雜誌新設獎項的評審委員，小泉之前告訴我的。」

「獎項啊，原來也有這種東西……嗯？那應該有投稿時限吧，那該不會是。」

成瀨原本想說些什麼，但又立刻笑著說「不，不好意思，請當我沒說。」

那是明確傳達出他人品的，沉穩又柔軟的笑容。

4

日子這樣過去，八月也即將要結束了。

雖然需要放鬆，但也不能失去念書的習慣。我需要在一年內把高二和高三的進度補回來。

不曾鬆懈念書，早晨、午後、晚上都振筆疾書。

在這樣的日常生活中，也每天和小泉傳訊息。

偶爾也會傳訊給成瀨，他和我在家庭餐廳見面的幾天後開始打工，似乎很努力在打工。

我在休息的時候重新讀了過去的日記，但我無法從中推測高中時的小泉是否有男友。

和母親閒聊時，我也說著「這麼說來」提及小泉和成瀨的事情。

小泉和我的雙親也很要好，兩人都很清楚小泉的人品也很信賴她，並且深切感謝她在我失憶期間在旁幫我。

母親一開始還笑著聽我說上大學的小泉交了一個年紀比她小的男友，但提及高中時的事情時變了個表情。

「我還沒有問小泉本人，但她高中時有喜歡的人肯定沒有錯。溫柔、會做家事……是很居家的男生嗎？媽，妳有頭緒嗎？」

母親聽到這問題停止動作，沉默地看了我之後又別開眼。

「媽？」

「咦，啊，那個……我不太清楚耶。」

母親回答後露出保守的笑容。

這是我的錯覺嗎？感覺母親的表情帶著些許悲傷神色。

當我問怎麼了嗎，母親緩緩搖頭。

「沒有，沒什麼。只是覺得我也上了年紀了耶。」

母親回答後又說著「這樣啊，小泉她……」似乎深有所感。

我也想著乾脆直接問小泉本人，但一想到成瀨的立場，也很難問出口。

小泉妳高中時有喜歡的人還是男友嗎？

咦，為什麼這麼問？

沒有啦，只是有點好奇。妳看嘛，妳總是在照顧我啊。

小泉聰明又敏銳，要是突然問這種問題，或許會察覺成瀨和我有所接觸了。

但如果慎重一點問，或許可以問出來，例如……

進入九月，念書進度難得告一個小段落的假日那天，我下午和小泉約好要去開發新的咖啡廳。

那是很受高中生歡迎的咖啡廳，補習班下課後看過好幾次穿制服的高中生在店裡開心聊天的樣子，也常在社群網站上看到照片。

假日的今天也看到高中年紀的女生和朋友一起來，她們聊運動會、新學期開學後的考試，秋天的文化祭聊得很熱烈。

我邊看著那些女孩們的樣子，真心表示：

「我偶爾會想啊……真想要回到確實的高中時代。」

剛剛還和我互相開玩笑的小泉露出驚訝表情。

我的情緒有點浮動。大概因為這句話帶有感情，超乎我的想像地創造出巨大漣漪。

我微笑著想消除這份嚴肅而微笑，用輕鬆的態度繼續說：

「妳看嘛，因為有妳我每天都過得非常開心。如果沒生病，我就能記住所有事情了。而且最重要的是，我感覺很對不起妳，這樣～」

「真織……」

「別搞得這麼嚴肅啦。只是，妳老是陪著我，我想妳會不會因為這樣沒辦法做自己想做的事情。我沒聽妳說過，妳有喜歡的人嗎？如果不是因為我，妳和對方或許……」

這個問題原本是為了想要了解小泉，但反而讓我真實感受過去的我就是這樣剝奪了小泉的可能性與時間，讓我由衷感到愧疚。

與之同時，也再次真心感謝小泉。

「幹嘛？真織妳幹嘛突然說這個？」

小泉一瞬間露出認真表情，但也配合我恢復爽朗。

「沒有啦，其實我現在也常回顧筆電裡我高中時的日記。但那裡面全都寫著我的事情，我開始好奇妳的青春時代怎麼過。」

我擠出笑容想讓氣氛變輕鬆點。小泉雖然眉尾下垂仍對我笑著，她的嘴邊浮現笑意。

小泉的嘴維持著笑容，接著轉變為陷入沉思的表情。

她低垂視線，直盯著桌面看。

我的心臟低沉卻也強力鼓動著。小泉或許有什麼事情沒對我說，而她或許會在今天對我坦白。

我如此思考。

「沒有耶，我高中時沒特別喜歡誰。」

所以當小泉抬起視線微笑著對我這樣說時，我嚇了一大跳。

小泉眼神誠摯地看著我。

我今天還以為，只要我這樣問就能明白小泉的真心。

我以為能聽到我所不知的小泉的高中時代。

但小泉的視線相當平靜且澄清，我無法從中找出絲毫欺瞞與虛偽。

只是，那或許太過平靜，或許澄清得超越該有的極限。

「妳總是這樣很擔心我，從高中時就常對我說這樣陪妳讓妳覺得很抱歉。」

小泉別開視線，宛如憐愛般輕笑。

接著再轉回來看我，以「但是啊」開頭後繼續說：

「因為有妳，我有了很多只有我能做的體驗喔。」

這是指，如同親人般陪伴在有失憶症的朋友身邊的經驗嗎？

小泉絕對不會說出口，但我罹患順向性失憶症期間，肯定帶給她很多麻煩。

但她現在仍持續和我當朋友。
現在仍一如往昔和我共度時光。
小泉有點遲疑後又繼續說：
「我的人生啊，在遇見妳之前真的很平淡乏味。對什麼都很冷淡，自以為明白些什麼，絕對不做蠢事也不會胡來。但是啊，因為在高中認識了妳……這種說法可能不太好，但正因為妳遭逢很辛苦的狀況，我才能遇見對我來說很重要的寶物。」
小泉定定看著我的雙眼，她平靜地微笑著繼續說：
「真織，謝謝妳，謝謝妳遇見我。」
我……從來不知道，不知道小泉也會這樣笑。
她憐愛著什麼，打從心底重視著、尊敬著什麼。
小泉心中有道光芒。
外人看不見的光芒。或許連小泉自己也沒發現，溫暖且柔和的光源就在她心中誕生。
那是我所知的高中時代的她沒有的東西。
小泉是在哪得到這個的呢？是在哪找到的呢？

是什麼時候，改變了？
在我靜靜承受打擊時，小泉溫柔地關心我：
「對不起，是不是有點沉重？」
「咦？才沒有，只是……我才要謝謝妳，小泉。」
「嗯，就是這樣啦，我也有個很開心的高中生活。但很遺憾，我沒有喜歡的人也沒有交到男朋友。」
小泉這樣說著當笑話總結，高中時代的話題到此結束。
小泉高中時沒有喜歡的人，也沒有男朋友。
那是小泉心中已定案的事情，也或許就是真實。
傍晚和小泉分開後，我傳送訊息給成瀨，告訴他小泉本人表示她高中時沒有喜歡的人也沒有男友。
《非常感謝妳特地告訴我，妳應該忙著念書準備大考，還讓妳陪我做這種事情真的很不好意思。》
回到家後，晚上收到成瀨的回訊，我一直盯著訊息內容看。
世上有很多溫柔的人，世上充滿人類的心意。

我邊思考小泉的戀愛，突然思考起自己的事情。

我……又是怎樣呢？

高中時是否曾經喜歡過誰呢？

因為罹患順向性失憶症，或許根本沒有這份從容，日記裡也沒有特別寫下這類事情。

只不過，在我失憶症痊癒後也完全不對任何人動心，這是為什麼呢？

不管多溫柔，多優秀，多可靠的男性，即使面對擁有這些特質的人，我也不曾動心。

彷彿心中早已被某個重要的人占據。

而我在自己房裡找到陌生男子的肖像畫，是在時節步入深秋之時。

從筆觸來看，這無庸置疑是過去的自己畫出的畫。

不知為何那像要隱藏起來，彷彿要阻止他人把寶物搶走般，藏在書架和牆壁間的縫隙裡。那是小時候的我保管貴重物品的地方。

看見那陌生男子的畫時，我的心臟用力鼓動。

我對強勁的鼓動不知所措，感覺心臟正在向我傾訴些什麼。

而這不清楚到底是否似曾相識，理應不認識的人……很不可思議地，我感覺他很像我熟識的某個人。

在那之後，我才知道這個人的真面目。

才知道神谷透同學的存在。

才知道他是我罹患失憶症時認識的，高中時期的男友……

在這世界之光正中央

1

不知不覺中，夏季結束秋天來臨。大學二年級也幾乎過完一半了。

秋風冷冽，彷彿穿透心胸的寒意誘人傷感。我獨自坐在校園裡的長椅上，回想大二這段時間發生的事情。

春天認識成瀨，接著交往。

暑假前和他分手。

和好友真織過著一如往昔的每一天，一同歡笑。

……但不僅如此，我又堆積了一個謊言。

真織問我高中時有沒有喜歡的人，我回答沒有。

但只是真織遺忘了而已，高中時，真織早已察覺我的心意……

『小泉，妳是不是喜歡透同學啊？』

在高二即將結束的春假期間，真織第一次這樣問我。

那天在真織與阿透強力邀約下，我們一起到他們兩人第一次約會的地方，櫻花大道相當有名的公園賞花。

高二暑假結束後，真織和阿透變得更不同。
特別是真織變得很多。在真織罹患順向性失憶症前，她不認識阿透。
所以即使是情侶，對每天的真織來說，阿透幾乎是不認識的陌生人。
即使如此，真織只要和阿透見面，看起來比以前更快速熟悉兩人之間的關係，看起來打從心底信賴阿透。
賞花後的回家路上，真織在我們兩人獨處時，怯生生地如此問我。
「小泉，妳是不是喜歡透同學啊？」
我擺出「完全沒有這種想法」的態度回話。
「真織妳怎麼了？話說回來，我喜歡神谷？」
「對不起，突然這樣說。可能只是我誤會了，但總覺得……只是覺得該不會是這樣吧。」
我苦笑，邊擺手邊回答：
「呃，不可能不可能，我看男人完全只看臉耶。神谷確實是好人……但就是興趣很合而已吧，頂多只是朋友的感覺。」
我這滿不在乎的態度和話語似乎讓真織放心了。

「這樣啊，如果是這樣就好了。」
「話說回來，妳這是突然怎麼啦？」
「沒有，今天實際見面後，知道透同學是很好的人，但妳對我來說也是很重要的人。如果小泉喜歡他……我很擔心我是不是妨礙妳了。」
「妳不需要在意這種事，而且話說回來你們是情侶耶，要說妨礙的應該是我才對吧。」
我盡可能擺出自然的態度對真織說。
只不過，雖然是為了回應真織，我也對自己說出口的話敏感起來。
說妨礙的應該是我才對。
老實說，我當時已經快要喜歡上阿透了。
——因為那傢伙的興趣和我相同？
不僅如此。
——因為他很珍惜我的摯友真織？
這也是原因之一，但這非決定性因素。
——因為我知道，阿透是無止盡溫柔的人？

……一般來說，人類無法從自己這個存在的範疇中往外走出一步，沒辦法把他人看得比自己還重要。應該會隨時計算得失，做對自己最有利的選擇。

我是如此想，但阿透讓我看見我所不知的人類的一面。他不求任何回報，把真織看得比自己還重要。

不管阿透怎麼喜愛真織，珍惜真織，真織到了明天就會全部遺忘。

即使如此，阿透仍努力要讓真織每天開心過生活。他明明也有痛苦與悲傷的事情，卻從不曾示弱，只是讓真織展露笑容。

『神谷啊，你為什麼可以這麼努力？』

去賞花前不久，在我們兩人獨處時，我曾經這樣問過他。

天空染上溫柔的黃昏色調，阿透背對著這片天空轉過頭來看我。

『因為我喜歡日野。』

沒有絲毫逞強，阿透用沉穩和煦的表情回答。

我好痛苦。第一次知道，原來看見別人的笑容也會如此痛苦。

為什麼呢，為什麼我會這麼痛苦？

我努力不去思考痛苦的理由，用自嘲的語調繼續問：

『只因為喜歡就能為別人做任何事嗎？我不太能夠理解耶。』

『我也不是任何事情都做，只做自己能力範圍的事。』

『是這樣嗎？雖然你說在能力範圍內，但我覺得你很勉強自己。』

『真的辦不到的事情，我不做也做不到。但是如果有稍微勉強就能辦到的事情，如果有稍微勉強也想要做到的事情，我覺得那很幸福。』

我沉默看著阿透，無法理解，但其實我很想理解。

同時我發現一件事，會感到心痛，會想要理解對方，那全是因為我……

『我到目前為止的人生相當無趣，感覺冷淡，像是了解世事，所以不做蠢事也不會勉強自己。』

此時阿透說出的這一連串的話，彷彿直接烙印在我心中的空白上。

阿透柔和微笑著說：

『但是現在，我很單純開心享受和日野共度的每一天。如果有稍微勉強就能做到的事情，我很自然地想要去做。日野帶給我驚喜，讓我重新審視自己。讓這樣的我，也自然地想要成為一個更好的人。』

我在某個時期前，還覺得阿透和真織一點也不像。

但那只是表面，我感到羞愧。人明明除了眼睛還有心，但我卻只用眼睛看事物。如果用心去看，就能清楚明白兩人的相似之處。不管遇到怎樣的狀況，他們兩人總是先擔心別人，是會為他人盡心、擔憂的人。

我邊回想和阿透的這一幕，和真織兩人走在賞花後的歸途。

我不清楚真織心中想問我是否喜歡阿透的原因在哪。

但我明白她的意思，在失憶症當中真織仍然擔心著我，害怕自己阻撓了好友的戀愛。

但在我明確否定之後，應該消除她的擔憂了，我沒露出絲毫心緒不寧。

春假結束升上高三，罹患順向性失憶症的真織離開升學班，但事前和學年主任商討過後讓她和阿透同班。

有阿透在身邊就不需要我了。

早晨，真織對自己的狀態不知所措也接受現狀，確認日記等內容後上學。學校有和她同班的阿透。他是真織的男友，其實完全掌握真織的病情，還表示要讓真織每天都過得很開心。

我被大考壓力追著跑，刻意不理會無法待在真織身邊的寂寞，以及對阿透萌生的愛意。

即使如此，我仍會每天和真織傳訊息、打電話，在學校裡也會頻繁見面。取而代之，總是陪在真織身邊的人變成阿透。

只要三人在一起就會聊些無關緊要的事，在這之中，阿透會注視著真織的側臉看，那是珍視情人的眼神。

每當我發現阿透這一面，就會感到心痛。理解自己的戀情將無疾而終。

只不過，我應該得更留意才對。

因為發現我會這樣看著阿透側臉的人，就近在身邊。

「小泉……妳是不是喜歡透同學？」

黃金週假期結束的隔天，真織再次如此問我。

我有聽說真織和阿透打算放假期間去植物園玩，他們也有約我，但我不想打擾他們，用要準備大考的理由回絕了。

假期結束那天放學後，來教室找我的兩人送禮物給我。

「這個，是我和日野一起挑了妳應該會喜歡的東西，手工書籤。」

正確來說，給我禮物的人是阿透。阿透從書包中拿出包裝精美的典雅書籤交給我。

我沒想到會收到禮物而嚇一跳。

「咦……？送我？」

「對對，透同學說小泉可能會喜歡這個。」

「沒，我沒……對，是我說的。」

「真是的，你為什麼想否定啦，你在害羞嗎？」

「沒有害羞，順帶一提，我也買了妳那天說好吃的招牌餅乾，我有泡紅茶裝在水壺裡帶來，現在一起吃吧。」

阿透瞞著真織偷偷買伴手禮，不只去玩那天，也帶給這天的真織歡樂。

很久沒三人一起聊天，我們聊得非常開心。

也在此時，我被迫發現自己也有女孩兒家的一面。

第一次……從男性手中收到禮物。

不是什麼大不了的東西，只是幾百圓的書籤，但這是阿透選的。

在我們三人對話中，我會不自覺偷看阿透側臉，胸口悶悶發疼。

過一會兒，阿透說要去洗手間而離開教室。
確認阿透離開後，真織支支吾吾地開口：
「……那個、啊。」
「嗯，真織妳怎麼了？但話說回來神谷那傢伙，竟然連妳也瞞著耶。」
「小泉……妳是不是喜歡透同學？」
我一瞬間感覺時間停止了。
說實話，出現這種空白也不好，因為簡直等於默認。
只不過，一個想法閃過我的腦海，如果我在此承認了，事情會怎麼發展？
「嗯，對，我喜歡神谷。」
如果我老實說出口，事情會怎麼發展。
真織會驚訝嗎？或許覺得我在開玩笑，也可能解釋成我喜歡他這個朋友。但可能以上皆非，她會發現我的喜歡是不同東西，然後……
「這樣啊，小泉有喜歡的人了啊。」
真織或許會悲傷地笑著如此說。
我到時該怎麼辦？要辯解「你們倆是情侶，不需要在意我」嗎？真織能夠接受這個說詞嗎？

『小泉對我來說是非常重要的人，如果妳真的喜歡他……我擔心我是不是妨礙妳了。』

我想起以前真織說過的話，我說出口的話不僅會讓真織傷心，可能還將招致更糟糕的結果。

那絕非我想太多，因為真織就是這樣的人。

和阿透很像，重視朋友的幸福更甚自己。真織會拿失憶症當理由，接著說服自己這樣做肯定也對阿透最好，然後……

真織會在我面前，裝作若無其事地放棄與阿透的關係。

如果那樣發展，阿透會怎麼做？他會抗拒著不想分手嗎？

不，他不會那樣做。他會認為真織有作出這個決定的理由，完全尊重真織的選擇。

接著……兩人會分手。最糟糕是就此變成陌生人。

那我又會怎麼做？在阿透單身後向他告白？

思考至此，我切身感受。

我的愛意……果然只是絆腳石，只是破壞真織幸福的東西。

既然如此，別有最好，消滅了最好。

或許可說幸好，真織沒辦法維持記憶，不寫進日記裡就不會留下來。

「什麼？呃，妳這句話嚇到我都當機了啦。我喜歡神谷？不可能不可能，絕對不可能。」

我拚命微笑面對提問的真織。

「是……這樣嗎？」

真織的視線帶著些許試探，我對她說出以前也曾說過的話。

說我只看外貌，說我是那種膚淺的人。修飾詞藻，借用從哪聽來的話，好不容易讓真織接受我的說詞。

只不過，我沒就此打住這件事，因為還沒結束。

「真織對不起，妳可以別把今天問我的問題寫進日記裡嗎？」

「咦？為什麼？如果不寫我可能會再問同樣問題喔。」

我對不解的真織輕快一笑，半開玩笑地回答：

「這樣就好了，到時我會再回答相同內容。那個啊，要是妳把妳問我是不是喜歡神谷寫進日記裡……雖然覺得絕對不會有這種事，我和神谷頂多只是朋友，要是被神谷看到這個日記我會覺得超級丟臉耶，而且還會覺得有點尷尬。所以拜託妳！這是好朋友的拜託。」

如果不這樣說，真織或許會把和我之間的對話寫進日記裡。

這是繼賞花那天後第二次，明顯不對勁。從真織沒有記憶的客觀角度來看，有讓她認為奇怪的事情，讓她第二次提問的理由。

「嗯～好啦，那我就這樣做。我沒辦法拒絕妳的拜託嘛。」

結果，真織遵守了和我的約定。

隔天，我見到真織時說著「話說回來，我昨天拜託妳的事情啊」想加以確認時，真織明顯嚇了一跳，那是演不出來的反應。

「那個，小泉對不起，是什麼事情？」

「啊……我才要道歉，我可能忘了說了，其實我的念書進度有點落後。」

我在心中發誓，之後絕不能再犯下相同錯誤。

三人一起相處時，盡可能不意識阿透的存在。和阿透間也自然地維持最低限度的對話，不去偷看阿透的側臉。

我以為這就沒問題了。但是……

那應該是過去某詩人說過的，一句很知名的話。是一句被收錄在各種書籍、格言辭典，或者刊載名言錦句的網站上的話。

唯有愛情和咳嗽是無法掩飾的。

「可能是我想太多啦……小泉，妳是不是喜歡透同學？」

「小泉妳……喜歡透同學嗎？」

「小泉，妳該不會喜歡透同學那類型的男生吧？」

「……突然這樣說很對不起，小泉，妳對透同學……」

不管重來幾次，真織好幾次差點看穿我的心意。

真織不是為了不讓阿透被搶走，對我有所警戒而問我。真織單純沒有惡意，只是擔心自己是否妨礙了我而問我。

有問題的人是我，我不能喜歡上阿透。

放暑假之後，我完全斷絕和阿透間的往來。有時會和真織兩人一起出去玩，但只要阿透在就絕不出現。

高二夏天那時還對無法三人同行感到寂寞，到了高三夏天變成主動迴避三人共處。

阿透大概也理解我是考生，沒特別說什麼。

暑假結束後，無預期地在走廊上碰到阿透。我很久沒見到阿透了，一股悲傷的憐愛感湧上心頭，引起我一陣鼻酸。

「啊，小泉。」

只不過，真織就在他身邊。這也是當然，他們兩人在學校總是形影不離。

「綿矢，總覺得妳好像瘦了耶。」

在我對真織打招呼後，阿透這樣問我。

「……我只是夏天有點熱壞了。先別說我了，你和真織怎樣啊？」

「別擔心，我和日野處得很好。」

「那真是太好了，啊，那真織，我今天當值日生先走囉～」

我擠出笑容如此說完離開兩人。

盡可能減少接觸阿透的機會，且得留意不能讓真織感覺不自然。

暑假結束後我也做得很棒。

我以為我可以就這樣隱瞞心意。

明明這樣想著，但到了秋天，發生一件意料之外的事情。

我的心意完全被真織識破了。

2

夏去秋來，以低年級為中心，文化祭開始頻繁出現在話題當中。

我們高中沒有太多學校活動，即使如此仍會例行性地舉辦夏天的運動會，以及秋天的文化祭。

因為高三即將面臨大考，文化祭以一年級和二年級為中心舉辦。

活動只有一天且不對外開放，想開需要加熱食物的模擬商店得事前向衛生所提出申請，所以學校也禁止。

但多少仍是有學生期待文化祭。

真織也是其中一人。文化祭前一天晚上，真織在電話中有點羨慕起明天的自己，因為明天的她要和阿透逛文化祭一整天。

到了當天早上，正當我準備要出門上學時，接到真織母親打來的電話。

「一大早打給妳很對不起，真織有點發燒身體不舒服，她現在已經接受失憶的事情平靜下來了……但我想讓她休息一天。」

過一會兒，真織本人傳訊息給我。

《小泉？》

《真織，妳怎麼了？發燒了還好嗎？》

才剛回訊立刻顯示已讀，只不過接下來沒立刻收到回訊。

就在我擔心著要不要直接打電話時，收到訊息了。

《太好了，我和妳一直有訊息往來，所以我想妳應該知情。》

《嗯。》

《我失憶之後，每天還是有好好過生活啊。有去上學，和妳也還是朋友。》

或許是生病影響，真織顯得有點怯弱。

一早起床發現身體不適，但現實不會停下腳步……得知自己出車禍後罹患失憶症。得知時間已經過了將近一年半了。

會感到不安也不奇怪，我身為她的好朋友，想要讓她打起精神來。

《就是這樣，什麼也沒變，沒事的。》

《嗯，總覺得……放心了。》

《妳每天都有去上學，就跟妳日記裡寫的一樣，每天都過得很開心。》

《我看了一點，嚇我一跳耶，我竟然交男朋友了。》

《是之前念不同班的神谷，身高很高，很瘦，知道是誰嗎？》

《我好像隱隱約約記得，和我印象不太一樣，他很溫柔呢。》

看著這則訊息我不禁苦笑。

如果阿透不夠溫柔，很多事情就無法成立了。

真織可能每天都如此不安，也可能無法繼續上學。而我也不會喜歡上他……

《妳今天身體不舒服，就好好休息啦。別害怕明天到來，明天肯定也會成為愉快的一天，妳完全不需要擔心。》

《說得也是，我今天……會好好休息。》

《就這樣做，我替妳聯絡神谷，妳真的什麼都不需要擔心。》

《小泉謝謝妳，多虧有妳，我才能相信真的沒問題。》

讓真織傳來的訊息顯示已讀之後，我關掉軟體。

接著打開電子郵件的軟體，傳訊給用傳統手機的阿透。告訴他真織生病了沒辦法上學，也告訴他真織雖然生病了但情緒很穩定。

《我知道了，綿矢，謝謝妳。》

盯著阿透傳來的訊息內容，我做好上學準備出門前往學校。

高中生活最後一次文化祭開始了。

導師簡單開了早上的班會，學校廣播後正式揭開文化祭序幕。因為我念升學班，文化祭開始後還是有同學繼續留在教室念書，或是帶著書到圖書館去念。

我原本也這樣打算，不管真織會不會來學校，我都準備到圖書館靜靜念書。

「綿矢。」

但就在我朝圖書館移動途中，有人從背後喊住我。

轉過頭只見阿透單獨一人，他在走廊上前進，走到我面前。

「如果妳不介意，要不要一起逛文化祭？」

我想我應該十分驚訝。

「咦？為什麼？」

「什麼為什麼，一年難得一次的文化祭啊。」

「我……不用了啦，真織也不在，你自己一個人也比較輕鬆吧？你不需要理我，那就這樣啦。」

我轉過頭再次邁開腳步，通往圖書館的走廊曬不到陽光顯得涼冷。文化祭的喧囂也遠離此處，無限寧靜……

正因為如此，我的心跳顯得嘈雜。

「我是不是做了什麼惹妳討厭了？」

阿透問了如此煩躁的我。

我停下腳步轉頭，阿透傷腦筋地垂成八字眉看我。

心跳無法平靜，伴隨疼痛的躁動感在胸口擴散開。

真要說起來，當真織不在身邊時，阿透也沒有和我接觸的必要。我們很擅長獨處，看小說悠閒度過就好了。

但大概是我看起來不太對勁吧，阿透特地來找我，約我一起去逛文化祭，身為朋友想要替我打氣。

只有在此時，他會只看著我，替我著想。

好煩人、好痛、好難受，好開心。我一時之間無法回話。

現在，真織不在身邊。或許可以容許我這樣做吧。因為不會對任何人說，也不會留下痕跡。

我也可以創造，只屬於我和阿透的回憶嗎。

我這樣想著，沉默注視著阿透。接著……久違地對他一笑：

「喂，神谷你幹嘛啊。」

阿透被我開朗的話語和態度嚇到，我輕聲噴笑後朝阿透走近。

「對不起對不起，因為快要大考了，我從夏天開始變得有點神經質。所以不是因為你做了什麼，或我討厭你之類的啦。」

多久沒像這樣輕鬆面對阿透了呢？我邊湧現這種感想，也小心別讓自己因為太開心而說話說太快。

「啊啊，是這樣啊，說得也是，妳要考國立大學對吧？科目很多感覺很辛苦。」

「你要考公務員對吧，那應該也要考很多科目吧？」

「是啊，但其實夏天已經考完學科了。」

「咦？真的假的，公務員考試是那樣啊？那你現在很從容的感覺？」

「雖然考試還沒完全結束，但還是有今天可以到處玩的從容吧。妳呢？」

阿透對我微笑，正因為對象是我，語氣中帶著惡作劇的感覺。我的心因熟悉的互動震顫，不由分說地明白自己很開心，我也配合阿透輕快回應：

「我也還有今天可以到處玩的從容，那機會難得……今天就讓我帶給你快樂的一天吧？」

我和阿透是朋友，以單純朋友的身分一起逛文化祭。這是很客觀的事實。事實堅定不變，這樣也無所謂。不管阿透有什麼想法都不在乎，我決定要創造僅屬於我的回憶。

神明也會容許我這麼做的，只是這點小事而已，肯定……

「那我們要從哪裡逛起？妳有想去的地方嗎？」

「話說回來，我還拿著要念的書，等我先拿回去放好再決定吧。」

「啊，抱歉，這樣說也是。」

「約淑女逛文化祭，你可得好～好當個護花使者啊。」

我再次輕佻開玩笑，和他約好在樓梯口會合後回自己的教室。

「淑女可別在走廊上奔跑啊。」

似乎在不知不覺中小跑步起來，阿透在我背後如此喊。

「囉嗦～」

我轉過頭回應，我的聲音和腳步同樣輕盈。

迅速整理頭髮和妝容後和阿透在樓梯口會合，接著一起逛文化祭。

阿透很乖巧地帶著班會時間發給大家的文化祭小冊子，我們開始行動前一起先看小冊子。

自然而然拉近距離，但我佯裝沒有任何感受。

首先想要品嘗文化祭的氣氛，我們決定先去買可以邊走邊吃的棉花糖。

大概和我們有相同想法，學生在我們目標的中庭大排長龍。

因為五十日圓很便宜，我們猜拳決定誰請客。雖然是我輸了，但在付錢時阿透說了「是我邀妳來的啊」反過來請我。

我因為開心與害臊用手肘攻擊阿透的側腹，阿透嚇得發出怪聲。

接下來阿透說他有想看的東西，我們手拿著棉花糖朝運動場前進。

這裡舉辦的是老師和所有社團企劃的跳蚤市場。

相當雜亂地擺出各類物品，甚至還有明顯是老師家不知該如何處置的小型老舊家電。

阿透眼露主婦的精光物色獵物，他認真的表情讓我噴笑。阿透害臊地抗議，我們倆嘻嘻哈哈地開心互動。

我們之間沒有男女間的戀愛，只是意氣相投的朋友間的笑鬧。輕鬆對話加上一點玩笑，頻繁微笑到甚至讓我的臉頰抽痛。

回想起當時的事情，每次都讓我心痛。

我有種預感，和碰巧兩人獨處時不同，這個和阿透間的兩人時光，大概不可能再有第二次。雖然不是約會，但對我來說就是約會。

正因為如此，我想要盡情享受這僅此一次的機會。

我想要和阿透一起歡笑。

也有社團舉辦展覽，去看了很好奇的文藝社的攤位。幾個社員在攤位教室裡坐立不安，桌上擺著社團的雜誌。

「要是知道你姊姊是西川景子，這些社員應該會嚇一跳吧。」

我小聲說完，阿透靦腆地笑了。

收下社團雜誌後，接下來前往賣爆米花的攤位。套圈圈、鬼屋，我們到處逛四處玩，和阿透一起享受文化祭。

「呼～～笑得都累了，神谷，我們稍微休息一下吧。」

正如字面所示笑累了，我們就到變成休息室的空教室休息。

因為教室空無一人不會帶給別人困擾，我們在那邊也互相開玩笑。

「神谷，你別再惹我笑了啦。」

「因為不管說什麼妳都會接話嘛。」

「體育課上排球時，我可是打得很棒呢，我可能有 receiver（接球員）的天分吧。」

「receiver 不是訊號接收器嗎？」

「訊號接收器的天分是什麼啦？」

繼續講下去會沒完沒了，所以我們彼此拿起文藝社的雜誌閱讀兼休息。我看到一半突然想起一件事。

「話說回來，神谷你不寫小說嗎？你們家不只姊姊，你爸也在寫小說對吧？」

我一問，阿透露出單純驚訝的表情從雜誌抬起頭。

「確實是這樣沒錯，但該怎麼說呢，我從來沒想過要寫耶。」
「這樣啊，不會想寫嗎？」
「現在不想吧，比起這個……我將來想要做其他事情。」
阿透是個總是把家人和真織擺第一的人，比起自己更重視其他人。
聽到這樣的阿透有想做的事情讓我感到意外。
「哦，這樣啊？是……」
「妳可別笑我，其實我對攝影有點興趣。」
阿透有點躊躇，感到很不好意思地回答。
攝影，這還是第一次聽到呢。可能連真織也不知道。
「才不會笑你，攝影啊，這又是為什麼？」
「這個嘛……照片就跟小說相同，可以帶人去各種不同地方對吧？因為我們家的狀況，我不是可以四處去看的人……有時會深受吸引，看見漂亮的照片，想像自己身處其中，也想要自己實際前往哪個地方拍下那樣的照片。」
阿透的話誘發我淡淡的感觸。
因為各種狀況，阿透過著與旅行無緣的生活。某個層面上來說，我也相同。

我們都沒見過自己所屬之處以外的地方。

在這之中，照片和小說都是能引領我們前往不同世界的媒介。特別是照片為現實之物，替我們打開一扇窗，告訴我們未知的世界。

我明白阿透憧憬的理由，阿透又害臊地繼續說：

「要是對家人或日野說這種事，他們可能會看得太重……除了妳，我沒對其他人說過。」

阿透的微笑和發言，讓我頓時說不出話來。

好高興，阿透只和我分享了這個秘密。他把不能對家人和情人說的事情告訴身為朋友的我，我成為阿透特別的人了。

但我不能讓他發現我的心情悸動，所以開玩笑說：

「話說回來，想碰攝影現在就可以開始了吧。你公務員的應考準備也稍微輕鬆多了對吧？而且你還有真織和我這兩個絕佳的模特兒耶。」

「呃，我想拍的是風景照。」

「你難道不覺得超越景色的美麗之物就在你面前嗎？」

我的話惹笑阿透，「啊，你竟然笑了。」我裝出稍微生氣的樣子，阿透向我道歉。我們就這樣彼此胡鬧，互相歡笑。

這樣互動著……思及某件事情，讓我心胸作痛。

將來有天，阿透有可以自由運用的金錢後，應該會買自己的相機吧。

他也會拿那台相機拍真織。

心臟沉靜卻也用力鼓動。在那之前，可以嗎？在他正式用相機拍真織之前。簡單的照片也無所謂，細瑣的東西就好了。

「那機會難得，你試著替我拍照吧。」

我彷彿玩笑話的延續如此說，阿透輕輕挑眉。

「咦？不是啦，我還是外行耶，而且我的傳統手機沒有相機。」

「那我把智慧型手機借你，欸，好嘛好嘛。」

我打開相機程式，把手機推到阿透身上。

如果他真的感到困擾，我也沒打算勉強他，但阿透雖然苦笑也深感興趣地看著程式裡的相機功能。

「我可以按按看嗎？」

「請儘管用，反正也不會壞。」

我教完他如何操作後，他用修長的手指碰觸手機。

「那個，這個功能啊……」

他也問我攝影相關的專門知識，我問他為什麼會知道這些，他才說其實他有看書學了一點。

「那綿矢，我要拍囉。」

我就所知的範圍回答後，阿透開始調整設定。

「拍漂亮點喔。」

「模特兒很漂亮，肯定沒問題。」

「什麼？你這個人真是的。」

即使知道他在開玩笑，還是讓我笑開懷。

下一秒，相機的快門聲響起。

阿透也笑著，他笑著放下高舉的手機，開始確認剛拍好的照片。阿透的表情變了，像被什麼嚇到不發一語。

「怎麼了？該不會是我閉眼睛了吧？」

「不是，不是這樣啦……是新手運嗎？感覺拍得很棒。」

阿透把手機遞給我，我低頭看畫面，我也因為太過驚訝而說不出話來。
畫面上的我……表情幸福得不禁懷疑「真的是我嗎？」
不知道在想什麼的人。冷漠的人。這才應該是我啊。
但畫面上的我不同。
因為可以和這個人在一起而開心得不得了。
溫暖的表情再再表現出這一點。也和摯友真織一起拍照時的我不同。那是連我自己也不曾見過，非常滿足的表情。
我不知道，原來我在阿透面前是這種表情。
我拚命安撫自己悸動的心，一如往常地說玩笑話。
「不覺得我的臉看起來很腫嗎？」
阿透沒有回答我，只是靜靜地微笑。

午餐過後，下午我們去看了管樂社和話劇社在體育館舉辦的表演，也去看了人潮聚集的攤販。這段時間也不停開玩笑、胡鬧。
為文化祭劃下句點的，是輕音社和有志之士在體育館舉辦的樂團演出。

我和阿透都不是站在第一排一起喧鬧的類型，兩人一起到空無一人的屋頂，遠遠聆聽從體育館流洩出來的聲音。

非常開心。

讓我回想起雙親感情還很好的小學低年級，某次假日，一家三口曾一起去遊樂園玩，我們在那幸福歡笑。

夕陽輝映的歸途，前往停車場途中，父親讓我坐上他的肩頭。

父親寡言又勤勉，不是會做出這種舉動的人。生平第一次坐上父親的肩頭，我輕輕抱住他的頭。

母親在旁相當擔心，但在父親說了什麼之後微微一笑，母親非常幸福的笑容讓我印象深刻。

工作繁忙不太有時間陪我玩，但非常適合穿西裝的父親。

從事設計師這不太尋常的工作，時髦又年輕的母親。

我最喜歡他們兩人了。

三人共同歡笑的那時，確實有能讓我安心的場所。我可以單純享受幸福，可以當個無憂無慮的普通小孩。

當我升上小學高年級時，能讓我安心的場所消失了。

父親似乎工作忙碌，越來越沒時間回家。母親也從某時期開始像是看破了什麼，全心專注在自己的工作上。

雙親越來越少見面，逐漸地只要一見面就吵架。

我升上了國中，邊哭邊勸架。

他們兩人明明那般互相歡笑的啊，我到底錯失了什麼？到底沒注意到什麼了？我開始……害怕起人類，因為看不見真面目。

父親因為工作關係不願意離婚，母親也同意了。但他們兩人都各自有其他喜歡的人，處於分居狀態。

我越來越沒辦法信任他們，喪失重要之物讓我悲傷。但我迴避著意識這件事，因為只要有了意識，就只有無限的悲傷。

但是……我好傷心，我能打從心底安心的場所，消失了。

而當我和阿透兩人獨處時，我心中出現了可以稱得上安心的場所。

在那裡，我只要無邪地接納世界。

只要歡笑，樂在其中，感到幸福就好。可以當個無憂無慮的普通女孩。

可以讓我忘記所有憂慮與擔心，只是當個單純的女孩。

這該不會就是戀愛吧。

我不會對誰說出這種羞人的事也說不出口，但我和阿透獨處時，我想著這些事情。

「神谷，謝謝你今天邀我，我玩得很開心。」

走上屋頂立刻在一旁的長椅上坐下，我們邊抬頭看天空邊聽演奏。

「我才要謝謝妳陪我，我也玩得很開心。」

轉過頭一看，身旁的阿透溫柔微笑，我努力不洩漏出愛戀，用朋友的表情咧嘴回笑。

「不只玩得很開心，今天還知道了你的祕密。」

「秘密？」

「攝影。」

「啊啊……那件事啊。話說回來，妳沒有想做什麼事情嗎？」

「咦？我嗎？」

「我沒問過妳啊，妳才是想寫小說之類的？」

我沒想到他會這樣回問，讓我不禁深思。

我喜歡小說，但從沒想過自己動筆。國中那時因為家裡狀況根本沒那個心思，升上高中後要念書還有真織的事情。

而真織有繪畫，阿透有攝影，那我呢……

「我也沒想過自己寫吧，但那或許不錯耶。等到很多事情穩定下來之後，寫寫看也可以。然後大學生時拿到新人獎，以大學生美女作家身分接受大家吹捧，然後還和你姊姊對談之類的。」

和我開玩笑的表情相對照，阿透穩重微笑。

「到時我會第一個去找妳簽名。」

「話說回來，你也吐槽一下美女作家這點吧，不吐槽反而讓我覺得很丟臉耶。」

「咦？但那也是事實啊，妳有張漂亮的臉蛋。」

「……早上幫我拍照時也一樣，我都忘了你是會一臉認真說害臊話的人了。」

這段話讓阿透慌張起來，我不禁笑出來。

或許，我現在又露出那張照片上的笑容了吧。

但在真織不在身邊的現在，可以寬容我這樣嗎。

我想因為戀愛，因為幸福而笑。

邊想著這種事情邊和阿透半開玩笑說話，體育館傳出來的演奏聲驟止。拿出手機確認時間，得知文化祭的這天即將劃下句點。

「時間差不多了，我們回教室吧。」

「啊啊，已經這個時間了啊。總覺得一轉眼就過了。」

我和阿透互視而笑後起身，轉頭看通往室內的門。

那時，門上玻璃窗的另一頭有什麼東西閃過。

感覺一瞬間看見黑長髮閃過。

「綿矢，怎麼了？」

「咦、啊，沒有，沒什麼。」

回應感到詫異的阿透後，我朝門邁開腳步。

是有誰剛好想來屋頂嗎，然後發現有人在屋頂上所以折返了嗎？

為了回到室內，我走上門前的小階梯。

突然，剛剛的黑長髮讓我聯想到真織。

「話說回來。」

步上階梯的我突然想到什麼停下腳步轉過頭去，就在此時。

轉過頭時阿透就在我面前，當我想著「啊」時……事情接著發生。

轉過頭的同時，我的唇碰到阿透的臉頰。

我們倆大概同時睜大眼，完全是個意外。

「啊，對不起。」

我裝作若無其事地拉開臉，「啊，不會，我才要說對不起。」阿透如此道歉。

阿透也清楚這只是意外，沒特別慌張也沒特別著急。

「那個，就是啊。」

我佯裝平靜。因為打算要提真織失憶症的事情，先確認附近沒其他人之後才小聲繼續說：

「關於真織的事情……我想你應該知道，我覺得別對她說今天的事比較好。不清楚明天的真織會怎麼想，但我覺得如果她知道我和你一起逛得很開心，而且她還沒辦法加入，她可能會很難過。」

大概因為提到真織失憶症的事情吧，阿透表情變得認真。

接著在下一個瞬間轉為溫和。

「謝謝妳，妳總是最優先考量日野的事。」

「為什麼是你向我道謝啦。」

「道個謝又沒關係。」

我們再次互視而笑，步上小階梯走進室內。

步下樓梯走到下一個樓層後，和說要去教職員室的阿透分別。

「綿矢再見，今天謝謝妳。」

「我才要謝謝你。」

「妳念書可別念得太累了啊。」

「我知道啦。」

阿透朝教職員室邁開腳步，我沉默目送他的背影。

直到看不見阿透身影後，才想起自己的唇曾貼上他的臉頰。

手指輕撫自己的唇。

我無法自拔地喜歡阿透。但從明天起，我又不得不忘記這件事。我不能在真織面前和阿透處得太好。

「小、泉。」

當我思考著這些時，一個虛弱的陌生聲音喊我。

不對，這一點也不陌生，是我很熟悉的聲音。我瞬間轉頭望向聲音方向。

一頭漂亮黑長髮的主人……無力扯笑的真織，不知為何就站在那。

我很混亂，頓時無法理解到底發生什麼事情。

應該發燒請假的真織，就在我面前。

「咦？啊……真織妳怎麼了？感冒好了嗎？」

我掩飾心緒不寧開口問，真織泫然欲泣地回我：

「嗯……睡了一下之後好很多了，所以就……」

真織接著說出讓我胸口不由得緊緊抽痛的話。

「我就想和妳見面，看了昨天的日記，上面寫著妳文化祭也預定要念書……但我想著或許可以和妳一起逛，中午之後來學校想要嚇妳一跳，然後……」

真織特地來學校見我。

但我完全沒有發現，不僅如此……

「小泉，對不起。剛剛那個人就是神谷透同學對吧？我今天早上有看照片確認，車禍前也隱隱約約有點印象。」

真織明明沒做錯事卻向我道歉，拚命擠出笑容問我。
我也拚了命想解釋狀況。
「嗯，對，他就是妳的男友神谷透。我有告訴他妳今天發燒，他原本是想要和妳一起逛文化祭的，然後看到我好像因為念書念太累有點沒精神……為了替我轉換心情才決定一起逛。那傢伙和我是朋友，我們也說妳不在很寂寞，然後……」
「小泉……妳是不是，喜歡神谷透同學？」
「咦，為什麼這樣問？我就說只是朋友啊。」
「我有看到你們一起逛文化祭的樣子，不只如此，我明明知道這樣不好，知道別繼續作比較好……我也看見你們在屋頂開心談笑了。我，那個，因為我的昨天和大家都不同……所以我看得很清楚，妳看起來非常珍惜神谷透同學。」
我嚇到一句話也說不出口。我一直不懂真織為什麼能立刻看穿我對阿透有好感，現在終於知道理由了。
對真織來說，她認知的我是車禍之前的我……和那個我相比較，兩者間的差距讓她看穿這點，特別是在阿透面前。
「現在的我，很麻煩又很礙事吧，對不起。」

真織笑著如此說，但她無從隱藏起眼神中流露出的情緒。

真織別過頭去，遲疑了數秒後邁步奔跑。

「真織……真織！」

我立刻追上去，要是沒辦法追上真織，會變成無可挽回的狀況。真織會永遠悲傷。

無論如何都得阻止這件事發生。

因為真織對我很重要，因為我知道比起我，真織才更配得上阿透，因為我知道他們兩人真心互相喜歡。

「礙事的人是我！」

我的聲音在無人的走廊上響起。幸好附近除了我和真織以外沒其他人，就算我大喊也沒有人會一臉訝異看我。

視線中的真織作出反應，緩下她奔跑的速度，停下腳步轉過來看我。

我上氣不接下氣地跑到真織身邊。

「真織，妳聽我說，我會全部告訴妳。」

「小泉。」

「我……我喜歡神谷。」

說了。說出來了。我說出口了。我對真織坦白了。

只不過，我的想法和話語不能在此停下腳步。

「但是，比起這個……我更喜歡你們兩個。喜歡真織，喜歡和妳在一起的神谷，喜歡和神谷在一起的妳。」

無需事先準備的話語自然流瀉，自己也被說出口的話震撼。

不僅阿透，我好喜歡真織，好喜歡他們兩人。

明確說完後，神奇的事情發生了，真織露出更加驚訝的表情。

當我想著「怎麼回事」時，我的視線開始模糊，至此才發現。

啊啊，我哭出來了啊。所以真織才會這麼驚訝。

好痛苦、好痛苦，但是……好溫暖。

我第一次因為悲傷以外的理由哭泣。

我總是看輕、放棄自己。認為自己是冷淡，不知在想些什麼的人，認為自己沒有任何純粹且美麗的事物。

不如阿透重視他人更甚自己。

不如真織即使在絕望中，也努力樂觀歡笑。
我認為自己沒有這般美好的優點。
但我發現我心中也有與他們兩人相似的東西，是他們告訴我的。
我喜歡阿透，喜歡真織，好喜歡他們兩個。
想要好好珍惜他們兩人更甚於自己，這絕非謊言也非虛假。
這是我發現的，我心中唯一一個純粹美好事物。
我擦掉眼淚拚命繼續說：
「今天的妳應該還對神谷很陌生，但是啊，你們真的是很相配的情侶。好好看妳的日記，看完後肯定能明白。明白神谷有多重視妳，妳從他身上得到多少救贖。知道……妳有多喜歡他。我雖然沒看過妳的日記，就算沒看過也知道。」
真織和阿透交往後明顯出現改變，即使身懷順向性失憶症這個絕望，仍開心過著每一天。
我在最近距離看著這樣的真織，正因為如此才更明確理解。
「我啊，好喜歡你們兩個。你們真的、真的比我自己還更重要。」
語言總是不確實，不是太過就是太少，沒辦法分毫不差地如實傳達出真正的心思。

只是含糊的暗號、情緒的碎片。

即使如此，我仍冀望能表達出來，冀望想傳達出來。

我注視著真織，「但是」真織開口：

「但是妳……妳喜歡神谷透同學對吧？這樣可以嗎？不會很痛苦嗎？我有失憶症，神谷透同學肯定也是選擇妳……」

「神谷不會在乎那種事情，就算他知道妳生病，也不會因此討厭妳。如果他是那種人……我也不可能會喜歡上他了。神谷啊，不管妳怎麼了他都只喜歡妳。」

阿透知道真織有失憶症的事情仍是個秘密，我拚了命想告訴真織，阿透對真織的心意。接著……

「所以，所以說……我啊，不可能讓神谷轉過頭來看我，這種事很常見，誰都無能為力。」

一旦自己承認後，事實就會自然而然作用在意識上。

這真的很常見，我只是單戀，而且不可能有結果。無關乎兩人會不會分手，因為即使如此，阿透仍只喜歡真織。

「然後……嗯，我很痛苦。正確來說是先前很痛苦，因為沒辦法對任何人坦白自己的心情，因為我覺得我不能喜歡上神谷。」

我就這樣扼殺自己的感情，因為我的愛意只是絆腳石，只會造成真織和阿透的困擾。

但是……我或許錯了，或許也有不會變成絆腳石的愛意。

或許也有不求回報，只是單純喜歡著對方的心情。

可以嗎？我可以對阿透有這種心情嗎？

我好想問，好想要問真織。

擦掉的淚水又不爭氣地不停滑落，我又繼續說：

「但是啊，拜託今天的真織告訴我，我……可以嗎？可以喜歡神谷嗎？我保證絕對不會造成你們兩人的困擾，所以，所以……我可以繼續喜歡神谷嗎？」

我問完，不知為何連真織也哭了。

不是「不知為何」，真織很溫柔，她是為我著想才哭的。

真織接著緊緊擁抱著我回答：

「小泉，當然可以。妳可以……好好珍惜自己的心情。造成妳的困擾真的很對不起，但是……謝謝妳。還是要說對不起。真的，謝謝妳。」

真織就這樣抱著我哭了好幾分鐘。

之後我們蹺掉放學前的班會時間，跑到屋頂上聊天。

因為這件事比學校的規定更加重要。

在屋頂，我沒有任何愧疚也沒憂慮，拜託真織別把今天的事情寫成日記。真織有點不解，但在我說完理由後也接受了。

不管什麼事情，用文字留下紀錄都有極限。而且只要留下來，也不知道對未來的真織會起怎樣的作用。

「雖然小泉喜歡神谷透同學，但她更想好好珍惜我和他，所以支持我們。」

假設真織留下這段文字，這很可能會變成未來的真織的負擔。

既然如此，打從一開始就別記錄最好，別改變任何事情最好。

「我想我之前應該做出不太自然的舉動，試圖對妳隱瞞事實，那果然很不自然吧，然後自己感到痛苦。但今天對妳說完……妳說我可以珍惜自己的心情，讓我輕鬆多了。」

正如我所說，我現在對真織露出燦爛的笑容。

在這個人生中，或許要將「無化作有」要來得相當簡單。

但反之，要將「有化作無」相對困難。

因為擁有的東西伴隨著其質量，無論如何都會實際存在。

試圖否定便會產生各種不一致，我親身體認了這件事情。

我喜歡神谷透，這樣就好。這份心意無法有結果也沒關係。

因為我發現了，有其他事情比我的單戀還更重要。

我能徹底放棄了，與之同時，我也知道我沒問題了。

肯定能和過去相同和阿透還有真織往來。

真織不停向我道歉，但她根本沒有對我道歉的道理。因為我對真織只有感謝，

我要說出口告訴她。

「真織，謝謝妳。因為妳認識了神谷，所以我才能認識他。然後……才能有這生平第一次的戀愛，才能喜歡上哪個人。」

真織沉默不語了一會兒，我可以想像，真織心中有各種情緒奔流。有對我感到抱歉的心情，對未來的不安等等。

在這種狀況中，真織仍然選擇了樂觀的一種。

「總覺得我也想要快點見到神谷透同學了，然後……想要知道到時有怎樣感受的自己。」

真織說完後對我微笑。

「老實說啊，我今天醒來的時候，想著明天不會來臨就好了。但現在……我有點期待明天到來，也不害怕睡著了。因為我有小泉，還有小泉喜歡上的神谷透同學在我身邊。」

我和真織之間發生的事情，當然沒告訴阿透，也盡可能不讓自己特別意識或回想起來。

正如真織會當這件事沒發生過，我也會當沒發生過。

這是拜託真織忘記這件事的自己，最起碼該表現出的誠意。

隔天，來學校上課的真織是一如往常的真織。她似乎沒把前一天的事情寫在日記上，沒有絲毫不自然，很開心地和阿透聊天。

「啊，是小泉。」

「綿矢。」

我見到阿透也已經沒關係了，可以自然應對。

「唷唷你們兩位，感情還是這麼要好啊。」

「小泉，妳這樣好像大叔。」

「綿矢偶爾會有大叔靈魂跑進身體裡。」

「你們兩個，別對著一個大美女說大叔啊。」

他們兩人對我來說很重要。

我找到了在這人生中比自己更重要的人，就是他們兩人。

我希望，這兩人可以永遠、永遠廝守。

進入冬天，正式備考季節到來。春天時，我考上我第一志願的大學。阿透確定錄取隔壁鄉鎮公所的員工，真織的失憶症雖然尚未痊癒，但也順利高中畢業了。

我們三人開心歡笑，也一起共度春假。

但在那個春天，發生了再也無法回歸以往的事情。

「我的心臟，可能不太好。所以……」

三人一起出門玩之後，剩下我們兩人獨處時，阿透認真地對我說。

我雖然驚訝，當時還能保持冷靜。

但在得知阿透前一天曾經昏倒，他的母親是因為心臟病過世，以及他小時候也曾做過各種檢查之後，我心情混亂。

「這樣啊，那、那個啊，如果我有什麼能幫忙的，你別客氣儘管說。」

心情混亂下我也拚命擠出這句話，因為阿透很重要，我想要幫忙。

「那麼……如果，我是說如果，這種事情該怎麼說呢？沒有什麼事情是絕對，所以我想要趁著想到的時候，就要趕快拜託。也不是這次的事情會怎樣，只是啊，人真的會突然就走了。」

但現在回想起來，或許別那樣說比較好。

因為我沒想過，阿透竟會說出那樣悲傷的請託。

「如果我死了，我希望妳能把我從日野的日記裡全部刪除。」

這個瞬間，該為思考工具的語言從我腦中徹底消失。

好不容易找回語言後，我試圖把阿透的發言當開玩笑，想如以往當作玩笑話笑著帶過，但我笑不出來，因為阿透非常認真。

「什、什麼啊，那什麼啦！」

所以我繼續掙扎，或許是想藉由掙扎，讓這個現實不會實現。

「這件事很重要。」

「我才不想要做那種事，你自己做不就得了。」

「說得也是，真的是如此，對不起，我說了奇怪的話，但我希望妳聽我說。」

阿透又接著溫柔且平靜地繼續說。

阿透在真織罹患失憶症前還沒認識她，就算他死了，只要他不曾在日記中出現，就能當作沒這回事。阿透說了這種含意的話。

阿透擔心真織的心理狀況。

如果阿透真的發生意外，真織會很悲傷，她會每天在悲傷中度過。

確實如他所言，但我無法輕易接受。即使這是初戀對象的請託，即使是最喜歡的阿透說出口的話，也不能輕易接受。

我和阿透繼續對話，但他說出口的全是悲傷的事情。

但阿透在最後微笑著說：「對不起，我說了奇怪的話。」

接著，他確實說了：

「我差不多該走了，那麼，改天見囉。」

那麼，改天見囉。他說了「再見」，確實對我這樣說。

但是……

阿透因為心因性猝死，在隔天晚上過世了。

悲傷與死亡，如同空氣般充斥著世界。

我怎樣都覺得，那是與我無關的事情。

但我明明很明白悲傷的啊。

但為什麼會認為，死亡和自己的人生無關呢？

阿透死後，我百般煩惱過後決定實現阿透的請託。

把真織日記中與阿透有關的敘述全部刪除。

正確來說，只是刪除會讓內容變得不自然，所以在阿透的姊姊，作家西川景子協助下，我們把真織的日記寫成電子檔案，把和阿透有關的部分代換成我。

不只如此。

也請真織雙親幫忙，讓真織相信她的日記不是寫在筆記本上，而是寫在筆記型電腦裡。還把留下阿透檔案的手機換掉。

這全都是為了實現阿透的遺言，更是為了保護阿透最珍視的，最愛的真織的心理狀態。

就這樣，阿透的存在……從真織心中徹底消失。

3

我坐在校內長椅上接受秋風吹拂，回想高中時代和真織之間的事情，以及阿透託付給我的請託。回想無法直呼阿透名字的往日時光。

高中時真織寫在筆記本上的真正日記就在我手邊。

阿透就在日記裡。真織和阿透每天歡笑度日。偶爾應該也會發生痛苦或悲傷的事情，但他們兩人間沒任何問題。

因為真織有阿透，阿透有真織。

即使真織身患順向性失憶症這個障礙，只要有充滿歡樂的日記和阿透在身邊，她就能樂觀活下去。

直到那篇日記之前……

雖然很猶豫，但為了好好整理自己的思緒，我決定寫下來。

我的男友先生，神谷透同學過世了。過去的我們另外整理了關於神谷透同學的事情，請參閱。

聽說死因是心因性猝死。聽說神谷同學的母親也是因為心臟病過世，很可能是遺傳。

我從不知道人類會突然死掉。

我只在日記上認識他，對他的臉也只有隱約印象。

但在得知他的死訊時，我無法停止流淚。

我剛剛和小泉去參加了他的守靈，看見在棺材中沉睡的神谷透同學。

帶給過去的我們歡笑的人不會動了。

我現在仍無法整理思緒，只是好悲傷、好悲傷，無止盡地悲傷。

每次回顧過去的日記都會不停湧上悲傷。我就在其中，神谷同學就在其中。每一頁都有我和他的笑容。

我不想讓未來的我傷心。或許別寫下這篇日記，或者寫完之後撕掉比較好。

但現在的我只限當下，不管哪個我都無法取代現在的我。

所以我決定把現在的我留在日記中，未來的我，對不起，但請讓我留下來。

神谷同學，我好想見你。想見你，想見面說說話。

聽說你很擅長泡紅茶呢，讓我喝喝你泡的紅茶啊。我好想要知道關於你的事情，不是只讓你支持我，我也想要支持你。

好想見你，好想見你。

但已經見不到了。我好寂寞，好傷心。

阿透的死帶給真織很大的打擊。而且在那之後，真織每天早上都得面對兩件不講理的事。

自己罹患失憶症，以及男友的死。

因為這樣，真織一天比一天衰弱。知道順向性失憶症極可能併發憂鬱症的我和真織雙親，對此感到恐懼。

我們也曾想過把阿透死亡的相關敘述從真織手寫的日記中刪除，捏造阿透不在身邊的其他理由，然後讓真織相信。

但這全都是暫時敷衍了事，且最重要的這違反了阿透的遺言。

『如果我死了，我希望妳能把我從日野的日記裡全部刪除。』

阿透在過世前兩天曾經昏倒，他在過世前一天留下這段話給我。

『我和失去記憶前的日野幾乎沒有交集，所以……如果我死了，只要我不在日記中出現，那在日野心中就會變成從來沒有發生過。』

阿透肯定也不想死，但以防萬一還是留下這句話給我。

因為他有過自己母親心臟病猝逝的經驗。

只不過，託付給我的請託太殘酷。正常來說，人類都會想留下自己的痕跡。會強烈希望留下自己活過的證明。

阿透的希望卻是完全相反。他要把自己存在的一切，點滴不留地從女友心中抹除。只是單純地為對方著想。

『那確實或許能做到，但神谷，你這樣真的可以接受嗎？』

他拜託我的那天，我在對話中如此問他，他笑了，悲傷地微笑。

『我覺得這樣就好。』

隔天晚上，阿透成了不歸人。

我思考、煩惱、百般迷惘之後，決定遵守阿透的遺言。我和阿透的姊姊、真織雙親一起合作，把阿透的痕跡從真織的日常生活中刪除。

真織真正的日記、手冊還有手機寄放在我這裡。

阿透的痕跡完全消除後，真織也逐漸恢復。她把新的日記寫在筆電裡，每天畫畫，靜靜生活等待失憶症痊癒。

真織遺忘阿透的一切，彷彿打一開始未曾相遇。

但我和真織不同，我沒辦法當沒發生過。那是我的初戀，是我人生中第一個喜歡上的人。而這個人過世了。

即使如此，隨著歲月流逝，我也好不容易能對阿透的死作出妥協了。這就是繼續活下去。

但……即使可以對死亡作出妥協，該怎麼做才能對因所愛之人死亡而劃下句點的戀情作出妥協呢？

我大一時煩惱這件事。

試圖想要喜歡上另一個人，卻沒辦法喜歡上任何人。這是初戀病嗎？感覺沒有人可以超越阿透。

這情況持續到大二，我心裡明白不能繼續下去。我得忘記阿透，但我不知該如何是好。

『我……喜歡妳。』

就在此時，我認識了成瀨。他對我的好感純粹得幾乎耀眼，原本打算拒絕的我不小心脫口而出：

『要我和你交往可以，但我有條件。不可以認真喜歡上我，你能遵守嗎？』

當作戀愛家家酒就好了，本該是如此的。

短暫的，表面的，偶然的，虛假的，家家酒般的戀情就好了。

『午安，我發現學姊了喔。』

『綿矢學姊也很棒啊。』

『今天謝謝妳，我玩得很開心。也很期待下次的水族館。』

即使如此，接觸和阿透有點相似的成瀨之後，我的心情開始動搖。接著害怕起來。感覺阿透的存在會被他取代。和阿透一起去過的地方，想和他一起做的事情，一起看的景色。

感覺這全都會不由分說地，因為成瀨的存在而全被改寫……

我很矛盾。明明想忘記阿透，卻也怎樣都不想忘記。因此傷害了成瀨。

乾脆像真織可以全部遺忘或許更好。

不對，真織也並非想遺忘才遺忘。她明明不想遺忘，只是無能為力只能遺忘，只是被迫遺忘。

遺忘她最愛的情人神谷透。

我在學校長椅上回憶過去的一個月後，真織在自己的房裡找到畫著阿透的速寫本，那是即將邁入深秋的某一天。

阿透死後過了一年又將近半年。

「欸，這個是誰啊？」

我們下午在咖啡廳裡見面時，真織拿出畫有阿透的速寫本如此問我。

我以為我把日記、照片甚至是畫等阿透的痕跡全部都從真織的日常生活中抹除了啊。

沒發現過去的真織，把阿透的畫藏在房裡書櫃的後方。

我當時第一次對真織說出真相。

真織過去曾有名為神谷透的男友，她在男友幫忙下才得以從高中畢業。

而她的男友，某天突然過世了。

不僅如此，依照她男友的遺願，我們把他在日記等東西中所留下的痕跡全部刪除。

得知真相的真織錯愕。

我想過，最糟糕的狀況是我們會就此絕交。但真織不可能這樣做，真織原諒我們所做的一切，雖然驚訝，仍然努力擠出笑容感謝大家為了保護她而做出這些事。

和真織的雙親商量之後，我把真正的日記還給她。

接下來，真織開始讀她的日記，想知道被她遺忘的情人。

我也聯絡在東京的阿透姊姊，告訴她真織的狀況。姊姊似乎早已作好覺悟遲早會迎接這天到來。

在我的介紹下，真織和回到家鄉來的姊姊單獨見面聊天。真織詢問、得知阿透的事情，接著從中得到什麼活下去的方向。

阿透的願望，希望真織忘記自己找回她的日常生活。

沒必要回想起悲傷的過去。

但真織選擇好好過自己的人生，也要好好面對阿透的死。

總有一天要全部回想起來，她選擇了要把阿透想起來的人生。

但我……

4

真織和阿透姊姊見完面的那天傍晚，居中介紹的我在姊姊邀約下，前往她下榻飯店的餐廳，為了要和姊姊單獨見面。

關於是否該將阿透從真織的日記中刪除，在阿透過世後，我和姊姊很認真地討論過這件事。決定後在姊姊協助下執行。

因為共同作出艱難的抉擇與行動，我和姊姊之間萌生類似友情的聯繫，我是如此認為。

只不過正如阿透過去希望的，我也不想打擾芥河賞作家姊姊的工作，實際上已經很久沒見面了。

「小泉，好久不見了。」

「好久不見了，時常看見您活躍的身影。」

姊姊選擇包廂讓我們可以輕鬆聊天，我正經八百地打完招呼後，眼前的美女端莊微笑。

「妳不用這麼拘謹沒關係，而且我也沒多活躍啦。」

「才沒有那回事，我也去看過電影了，包含原著在內，真的非常好看。然後，那個……」

我今天原本想要和姊姊商量，我還沒辦法對阿透的愛意妥協這件事。

但在進入正題前，無論如何都想問一件事。

「那個原著小說，是在阿透過世之後寫的吧。」

姊姊似乎已經察覺我想問什麼，注視著我回答：

「……我想過，或許只有妳會發現這件事。我稍微把阿透寫進小說中了。」

小說中的登場人物中有一個二十多歲的男性攝影師。他也有在電影中登場，是個看起來冷淡，實則非常重視家人、情人和朋友的人。

阿透對攝影有興趣這件事，我只對姊姊提過。在把真織的日記中的阿透代換成我寫成電子檔案後，我在確認內容時。

『不知道阿透是不是有什麼夢想。』

姊姊突然如此輕語，我猶豫了一會兒後才回答：

『那個……他說他沒對家人也沒對真織說過。』

我第一次讀那本電影原著小說時，因為年齡和特徵都有些微不同，無法確定人物的原型就是阿透。

但看電影前又重讀一次小說，接著實際在大銀幕上看到後才發現。

那肯定是阿透。

那是在好幾個可能性當中，追逐自己夢想的阿透。

我到了電影後半才發現這件事，淚水忍不住潰堤。

「那個角色果然是阿透啊。」

「是的。」

姊姊或許是用她的方法，昇華痛苦且悲傷的回憶。

阿透無比尊敬姊姊，姊姊也相同重視阿透。

「其實……關於阿透，我有件事很煩惱，可以請妳聽我說嗎？」

我一說出正題，姊姊溫柔微笑。

「當然可以，說這種話妳可能會笑我……但我有時把妳當成妹妹看待，所以妳可以儘管說。」

我沒想過姊姊是這樣看我的，感謝脹滿心胸，讓我說不出話來。即使如此，我還是誠心誠意地傳達自己的想法與印象。

姊姊認真聽我說話，在我終於說完後，彷彿想要增添些許開朗氣氛開玩笑說：

「阿透還真是個幸福的傢伙，有妳和真織兩個可愛的女生這麼重視他。」

「才沒有，我不算什麼。」

姊姊看見我慌慌張張否定後一笑，接著變得有點哀傷。

「小泉，妳還喜歡著阿透啊。」

我的世界瞬間寂靜。

這是我一直視而不見的事情。因為持續做這件事也沒意義。沒有能前進的方向也沒有能抵達的終點。但或許，我有承認這件事的必要。

我現在仍然喜歡阿透，只喜歡阿透。

「或許，是這樣。」

「是妳的初戀。」

「……對。我很努力……想要忘掉，也勉強自己試著和誰交往。但我想，我應該從一開始就明白不可能順利。最後也因為我的自私分手了。」

「這樣啊……妳一定很痛苦。」

「我該怎麼辦才好？該怎麼做才能忘掉阿透？該怎樣……才能跨越悲傷？」

我總是佯裝自己不悲傷，從雙親感情生變那時起就是如此。但說出口後讓我發現，我痛切感到悲傷。

或許從阿透過世之後，我一直都很悲傷。現在，依然悲傷。

在我低下頭後，姊姊欲言又止地開口：

「如果妳因為忘不掉阿透而痛苦……或許試著先忘掉妳自己也是個方法。」

我聽到這句話後抬頭，在因為我變得陰沉的氣氛中，姊姊對我微笑。

姊姊和我同樣只有二十多歲，但她也是累積了許多經驗的人。

她給出我完全無法想像的建議。

「忘記我自己嗎？」

「對，比方說，妳有想做些什麼事嗎？」

「……有。」

大概是我比她想像的還快回答，她有點驚訝。

她的表情再度轉為溫和。

「目標可以把人生變得單純。如果妳有想做的事情，那妳或許可以試著沉迷其中讓妳忘了自己。因為時間仍然會往前進，如此一來，許多事物也會逐漸變成過去。或許也能讓妳遺忘那些原本以為無法忘記的事情。」

「目標……」

我的輕語雖然虛弱，但在被死亡與悲傷掩沒之中，這句話仍健全地響起。

那是我小時候看過無數次，現在卻幾乎遺忘的話。

我的心靜靜地產生搖擺，姊姊綻開微笑問我：「順帶一提，妳想做的事情是什麼？我不會勉強妳說，但如果妳願意的話……」

「我……我想要寫小說。」

回答後，突然覺得外行人在說些什麼也太難為情了吧。到目前為止，肯定有非常多人對姊姊說想寫小說。而她每次也會因此困擾吧。

「這樣啊，怎樣的小說？」

但姊姊不僅沒有厭煩，還滿臉笑容要我繼續說下去。

我受到她的笑容鼓舞，把深藏心底的想法說出口。

「如果不失禮……我想用自己的方法，把阿透寫出來。」

那是我曾經嘗試過一次，但尚未完成暫且擱下的事情。

但我想，大概只有現在能說出口，於是便狠下決心繼續說：

「明明想遺忘卻想把他寫下來或許很矛盾，但為了好好整理我自己的思緒，我想要寫出來。然後想拿這個投稿，想讓姊姊……」

我想要讓姊姊看這個小說，姊姊是比我更了解阿透的人，同時也是我打從心底尊敬的作家。

眼前這個人說出口的話，不知拯救了我多少次。姊姊小說中的思想與話語，不知道給了孤獨的我多少勇氣。

但我不能讓這樣的人看到拙劣的小說，正因為如此，我才想要投稿姊姊擔任評審委員的文學獎。希望能用最適當的形式讓她看我的小說。

但是要把這件事在擔任評審委員的姊姊面前說出口令人遲疑。

而且話說回來，連有沒有辦法完成都不清楚，截稿日期只剩下不到三個月。

最重要的是，姊姊或許不希望有人拿她弟弟當小說主角的原型。

「我很期待。」

但姊姊再次露出笑容回答我，她肯定連我沒說出口的心思也一併理解，在此之上仍公正、沉穩地如此說。

「我很期待……妳的小說將來送到我手邊的那一天。我相信妳能寫出來，寫出僅屬於妳的小說。」

5

季節也在不知何時秋去冬至，日曆來到十二月。

從春天到夏天，接著從秋天到冬天的季節轉換中，發生了許多事情。

一種沒完成任何事情，但又有抓到重要事物感覺的每一天。

如果要說一件確實發生的事情，大概就是我有了明確目標吧。

把阿透寫成小說，將來有天要讓它成為入圍作品讓姊姊看到。

『悲傷與痛苦，會因為向他人傾訴而改變意義，接著就能稍微拉開一點距離。所以妳要準備好隨時可以聽妳傾訴的人，比方說……像我。』

那天臨別之際，姊姊對我這樣說。

『真的可以嗎，我只是……』

『我才剛說過，對我來說，妳就跟我妹妹沒兩樣。對不起……先前都沒察覺妳的悲傷和痛苦。但今後，有我在妳身邊。』

在那之後，為了讓我能更輕鬆地開口找她商量，姊姊會主動傳訊息或打電話給我。

這份溫柔震撼我的心，甚至讓我想，如果她是我的親生姊姊不知該有多好。

但對姊姊來說又是如何呢？她會希望我是她的親生妹妹嗎？

不，還不夠，現在的我沒辦法成為姊姊的驕傲。

……我至今自認為走在自己的人生上，但或許從阿透過世那天起，我其實一步也沒往前進。

只是一逕懷念過世的阿透，只珍惜阿透，然後……

就連仰慕我的學弟也輕易傷害。

在此我深刻體認，自己是最深受阿透之死束縛的人。

發現這樣的自己後，我感覺睽違已久能打從心底大口呼吸了。

或許我的人生終於能從這一刻開始。

不對，是非得開始不可。為此我要有目標，想要投入其中甚至忘了自己，我想要挑戰自己。

訂定目標的同時，我還有另一件事情得做。

我得向成瀨道歉，我對他做出很過分的事情。我用了錯誤的方法想要忘記阿透，然後讓他陪我做這種事。在戀愛中，因為自己的理由輕易傷害他。

水族館約會後，我沒和他說過話。

會有點尷尬吧，特別是放完暑假後我連在學校裡也沒碰到他，進入冬天後的現在仍維持這種狀況。

「成瀨？妳不知道嗎？那傢伙第二學期之後就休學了，好像連獨居的公寓也解約搬出去了。」

我從同班男生口中得知這件事，是在和姊姊見完面的隔週。

我對不自然地完全沒碰到成瀨感到很不可思議，就問了和他就讀同間高中的同班同學。

「休學……咦？」

出乎意料外的回答嚇我一大跳，不清楚詳細理由也讓我擔心。

是因為我嗎？我傷他如此深嗎？

向同班同學道謝後，我鼓起勇氣傳訊息給成瀨。

《聽說你休學了？》

沒立刻顯示已讀也沒回訊，一直到了晚上才收到回訊。

《綿矢學姊好久不見，謝謝妳傳訊息給我，那個……我因為一點原因休學了。》

柔和的文章讓我鬆了一口氣，我這才發現自己很緊張。雖然有所覺悟可能被他討厭了，看來他沒有對我感到不愉快。

有點在意「原因」，但想到可能是家庭因素也無法隨意追究。儘管還有點緊張，我還是試著輕鬆回覆。

《這樣啊，你過得還好嗎？》

《是的，我很好。雖然有很多辛苦的事情，但總算是努力撐著。》

《你現在在幹嘛？》

《一整天都在打工。》

休學去打工？果然是家裡出狀況了嗎？

開始不安起是從我的事情起頭，讓溫柔的他遭逢不幸了。

正當我想要道歉並詢問發生什麼事情時。

《那個，綿矢學姊。》

在這之前，先收到成瀨的訊息。

《還能像這樣和妳對話，我非常高興。》

我不禁盯著他的訊息看，接著又收到新訊息。

《我能在大學認識學姊真的太好了。》

《我只有對你做了很過分的事情。》

《才沒那回事，從一開始就是我配不上妳。》

和他對話中，再次讓我深切感受，他太溫柔了。

單純、謙虛且無所求……

《因為我什麼也沒有。》

這樣的他，寫上帶有些許落寞的文字。雖然我很想否定才沒那回事，但在我打字時又收到下一個訊息，錯過回訊時機。

《學姊現在在幹嘛？》

《我？我沒什麼變。去上學，然後偶爾幫我媽工作兼打工。》

除此之外也有開始嘗試的事情，我也老實告訴他。

《還有，現在在寫小說。》

《小說嗎？》

《嗯，有點想要投稿文學獎。要保密喔。》

他大概猶豫著該怎麼回應吧，隔了一會兒才收到回訊。

《這樣啊，謝謝妳告訴我妳的秘密。》

對他正經八百的文字微笑，我又準備輸入下一段訊息。

《啊，對不起，我差不多該回去工作了。》

但似乎已經到成瀨得回去打工的時間了。

如果狀況允許，我想對他道歉。

但到此時我才發現，這單純只是為了讓自己輕鬆的行為。事到如今向他道歉，也只是讓他多費心而已。既然如此，背負著對他的歉意活下去或許才是我的職責。我不能輕而易舉輕鬆下來。

《對不起，占用你的時間了，謝謝你。》

《天氣還冷，還請注意身體喔。》

《我知道，你也要保重喔。》

《綿矢學姊也請保重，改天見。》

和成瀨的對話結束於此。我看著「改天見」，真實感受不過半年前還近在身邊，我現在已經和他分離了。

就這樣，我再度變得孤獨。每個人都是獨自前行。不只有我。

側眼看著佈滿聖誕節裝飾的街道到學校上課，書寫要投稿的小說。

我想投稿的項目是以短篇或中篇為主體的純文學，投稿規定字數並不多。

首先最重要的是要先完成，反覆嘗試之後，終於在年底完成初稿。雖然成品拙劣，但第一次完成小說時讓我有點感動。

但從頭重讀一次，就知道這個版本完全不行。

我又重新開始寫。

當時學校正好放寒假，我忘了午餐，甚至忘了晚餐，也顧不得睡眠，只是坐在電腦前不停寫小說。

回過神時已經過了三天，但我把重寫的小說初稿完成了。

雖然仍然拙劣，但我以這個作品為基準分析不足之處，接著重複修改。

只要專注在一件事上，就能暫時從過去及悲傷中解脫。

大概是寫下阿透的過程中能變得客觀，有時甚至會遺忘阿透的存在。

當我專注寫小說原稿時，真織也認真念書準備大考。但仍會偶爾傳訊息或打電話給我，我們會休息一下，一如往常邊開玩笑邊聊天。

二月底的截稿期限終於來臨，我第一次投稿文學獎。

到了三月，收到真織考上大學的通知。

春假時，為了慶祝真織考上大學，我和她一起到有知名櫻花大道的公園賞花。

那是高二春假時，我和真織還有阿透一起賞花的地方。

在我們賞花時，真織幾乎要想起阿透而哭泣。

她說重要的回憶全都在她心中，她總有一天絕對要想起阿透。
我想要遺忘阿透，而相反地，真織想要想起阿透。
我沉默凝視著這個對比，兩個選擇沒有對錯，只是各自的生存之道而已。
到了四月，真織成為不同學校的大一生，而我升上自己學校的大三。
雖然已經投完稿了，但我有種還寫不夠的感覺，又刪減又增加新的內容，又重新寫了一個。
姊姊偶爾會聯絡我，如果姊姊有從東京回來這邊，我們會去喝茶或一起吃晚餐度過融洽的時光。
『該怎麼做才能忘掉阿透？』
想起將近半年前的那天，我曾問姊姊這個問題。
和當時相比，我現在輕鬆許多了。訂定目標並投入其中健康得令人驚訝。
連以為無法忘懷的事情也能遺忘。
即使如此，阿透仍舊在我心中，有時也會出現在我夢中。
在高中校舍裡看見疑似阿透的背影，我在後面拚命追逐，但絕對無法抵達阿透身邊。

清醒時淚流滿面，好幾次都想著得把阿透當成過去才行。

在這之中，季節步入夏季。

比賽將在七月底公佈結果，只在紙面上發表。我雖然每個月都會買雜誌，但沒有確認比賽的評審過程。而姊姊也沒特別對我說什麼。

升上大三後開始參加就業活動的說明會，念書準備考試，不知不覺到了發表結果的日子。

得獎名單應該不會有我的名字。事前沒接到出版社聯絡，早知道已經沒有得獎了。

一如往常購買雜誌後翻開得獎名單的頁面。

正如我預料，上面沒有我的名字。

雖然很遺憾但也沒辦法，我還沒到那個程度。這樣也好，接下來就花時間慢慢走下去。只要我不停下腳步，總有一天可以抵達。

我邊想著這種事情邊確認得獎者的作品與名字。

……一瞬間，我覺得我看不懂日文。

這個比賽除了小說外，也有攝影與繪畫的項目。攝影獎的佳作欄上，那個我很熟悉，但絕對難以置信的名字和作品名字同時寫在上面。

〈終冰〉 神谷透

神谷透。

我花上一段時間才認知這個名字。但沒有錯，寫在上面的是我很熟悉的那人之名。

我有種夢境侵蝕現實，不著邊際的感覺。

這是怎麼一回事？單純偶然？應該是這樣，除此之外沒其他可能。

阿透已經不在世上了，不管上哪找都找不到神谷透。

但在我腦中一隅，還有百分之一，不對，是低於百分之一的可能性，想著其實阿透或許還活在這世上。

『如果我死了，我希望妳能把我從日野的日記裡全部刪除。』

在那之後發生的所有事都是假的，或者是阿透和姊姊帶著什麼意圖所做出的事情……

阿透其實還活著，在事情全部平靜下來的現在，他或許在哪拍他想拍的照片，或許在哪過著不同的人生。

正如那部電影的登場人物相同。

但是，不可能有這種事。我參加了阿透的守靈和葬禮。

我看過阿透在棺材中沉睡的臉，我知道那份冰冷。

該是如此的啊……

《我看見攝影的佳作了，那應該不是阿透吧？》

即使如此我仍無法平靜，立刻傳訊給姊姊，不一會兒收到回訊。

在姊姊一如既往溫和文字的回訊中，不知是否刻意，並沒有給我明確答案。但取而代之的是給了我一個訝異的提議。

《下個月和小說獎一起，也會同時舉辦攝影獎和繪畫獎的頒獎典禮。如果妳願意，我可以邀請妳，讓妳可以進入頒獎典禮的會場。》

我屏息著閱讀接下來的訊息。

《我希望妳能來親眼確認，但會場在東京，方便嗎？》

這真的是怎麼一回事？姊姊知道些什麼嗎？如果只是單純偶然，她應該會直接對我說才對。

《我知道了，謝謝妳。》

雖然滿腦子疑問，但我還是回訊謝謝姊姊特地回我。

一度猶豫該不該告訴真織，但可能只是無端造成她的混亂。我應該要先確認，接下來的事情就跟姊姊商量後再決定。

接著大學期末考結束，開始放暑假，姊姊傳訊通知我頒獎典禮相關的消息。

《典禮當天，我有評審委員的工作所以沒辦法和妳在一起，妳可以嗎？》

《沒問題，謝謝妳擔心我。》

回訊給姊姊之後，我忍不住點開手機上某張照片。

高三時的我就在畫面上。

坐在空教室裡的椅子上，朝攝影者微笑。

阿透生前在文化祭當天替我拍的照片，沒讓真織也沒讓姊姊看過，只有我一人所知的阿透留下來的照片。

拍下這張照片的阿透，在祝賀會的會場嗎？

我抱著無法平靜的心情迎接當天來臨。

搭乘新幹線前往東京，準時出席於傍晚舉辦的祝賀會，也事先準備好與會者適當的服裝。

祝賀會在某間擁有歷史與傳統的飯店宴客廳中舉辦。

在會場前的接待櫃檯表明身分後，工作人員領我進宴客廳。

飯店內的另一個地點正舉辦邀請媒體參加的頒獎典禮，眾多相關人士與受邀賓客頒獎典禮後將一起在這個宴客廳舉辦祝賀會。

人潮也逐漸往原本只有零星幾人的會場內聚集。

時間一到，男主持人一上台後，喧譁聲愕然靜止。在主持人主持下，得獎者步入會場，祝賀會也正式開始。

小說、攝影、繪畫，各項目的得獎者逐一登台，由主持人向會場內的人介紹得獎者的姓名與作品。

「神谷透」就在那裡。

我無法置信。熟悉的名字，以及穿著西裝的不熟悉身影。「神谷透」發表自己的得獎感言，等到所有得獎者講完感言後一起下台。

歡談的時間開始，有許多人去找得獎者說話。

我也沉默地邁開腳步。

喉嚨乾渴，保持一段距離，將身穿西裝的「神谷透」烙印在我眼中。

他發現我的視線而轉過頭來，接著露出驚訝表情。

我們就這樣互相凝視了幾秒鐘。

感覺我過去也曾經與他如此互視而看，那是什麼時候呢？是在哪個場面呢？

他對驚訝的我微笑，走到我身邊來。

「綿矢學姊。」

站在面前的，並非真正的神谷透。

而是我的大學學弟。

以神谷透之名得獎的他……成瀨透學弟就在面前。

終冰

1

真要說起來，我至今的人生十分平凡。

既沒有依強烈意志獲得什麼，相反的也沒有放棄過什麼。

正如成瀨透之名，宛如透明的隱形人般朦朧地活到今天。

但這也情有可原，因為我沒有僅屬於我的東西，沒有才華，也沒有特色……

——我這樣下去真的可以嗎？

某天，我開始對這樣的自己感到強烈疑問。

起因於和綿矢學姊分手。我打一開始就理解自己配不上她，更重要的是我沒能遵守兩人訂下的約定。

『要我和你交往可以，但我有條件。不可以認真喜歡上我，你能遵守嗎？』

只不過，我知道這樣戀戀不捨很不乾脆，但我那之後反覆思考無數次。

當時，我該如何回答才最好。

『我……討厭溫柔的男生。』

或者在學姊說這句話劃下界線時，我該要立刻放棄才對。

我當初照字面解釋了學姊說出口的話。

以為她只是單純討厭溫柔的人。

但我和學姊的摯友日野真織小姐聊過之後發現，事實或許並非如此。綿矢學姊忘不掉的人，是個溫柔的人。

我或許和那個人的特質有點相似。

或者是那個人的劣等版，好像很溫柔，好像很認真，好像有點小聰明，好像……

我生平第一次，對自己一無所有感到很不中用。

如果我不單純只是劣等版，擁有自己獨有的特別之物，學姊就願意繼續和我交往了嗎？

或者是只要我得到特別的什麼，就能讓學姊轉過頭來看我了嗎？

手邊有本文學雜誌。

這本雜誌舉辦公開徵稿的文學獎，綿矢學姊敬愛的作家西川景子就是評審委員之一。

我和日野小姐在家庭餐廳裡聊過之後，找到這本雜誌並買下。

因為我得知綿矢學姊在寫小說，發現她或許想要投稿參加這個文學獎。

但雖說發現了，我也清楚即使買下雜誌也沒意義，我只能靜靜在旁看著學姊想做的事情。

我原本以為這競賽只有小說項目，接著才發現也同時舉辦攝影與繪畫獎項。

我不由得緊盯攝影兩字看，沒想到竟會在此重逢。

『結果到最後，成瀨你根本不是能認真做什麼事情的人。有點聰明也算能幹……』

每次看到「攝影」這兩字，心中某處都會感到受創。

小學時，我只是單純地喜愛攝影。

小學校外教學時在觀光景點發生的事情，是我喜歡上攝影的原因。當時班上一群很要好的女孩子正煩惱著到底該由誰拍照。

就在我主動說要幫忙拍照後，她們相當開心。

不僅如此，當我拿起相機按下快門時，每個人都滿臉笑容。

我們就這樣輪流幫忙拍完後，其他同學也來拜託我，當我拿起相機，大家又全都露出笑容。在那之前不曾幫別人拍照的我很是驚訝。

才知道攝影是能讓人露出笑容的事情。

在那之後，只要學校舉辦活動，我就會自願當攝影師。當我拿著相機出現在運動會及文化祭等活動時，大家都會說著「幫我拍幫我拍」並跑來我身邊。

小學畢業後我進入當地國中就讀，運氣很好有攝影社。

學長姊和同年級的社員都很友善，只要學校有活動，顧問老師及學生都會來拜託我們，我們拍了許多照片，照片上有眾人的笑容。

『這只是單純記錄用的照片。』

這個攝影社裡有個不太一樣的男性成員，名為「櫻井」的三年級學長。

無所謂好壞，國中的攝影社就是扮家家酒，在這之中認真對待攝影的就是櫻井學長。

因為立場和想法不同，櫻井學長不喜歡攝影社，但因為可以自由使用器材才不得已參加社團，其他社員也不喜歡他。

但櫻井學長有技壓群雄的實力。

聽說他小學時已經在攝影賽中拿過獎，升上國中之後也拍出不輸給大人的照片，在許多知名攝影賽中拿下無數優秀獎。

我很單純尊敬櫻井學長，雖然他個性有點裝模作樣，但就連這點都讓我感覺他很帥氣。

不管他怎樣冷漠對待我，我還是會找他說話，或許也是我自戀，他可能不怎麼討厭這樣的我吧。當我在社團教室裡拿拍的照片給他看時，他雖然對我的水準有點傻眼也淡淡微笑著問：

『成瀨你為什麼拍照？』

暑假前的某天，櫻井學長這樣問我。其他社員都跑出去拍照，教室裡只剩下我和學長兩人。

『因為只要拿起相機拍照，大家都會露出笑容。』

『……還真有你的風格呢。』

聽見我的回答，櫻井學長一如往常用看著孩子的眼睛笑看我。

『櫻井學長又是怎樣呢？』

『我？我啊……因為攝影可以讓我成為特別的人。』

這是我自己不會出現的想法。對我來說，照片是和他人笑容劃上等號的東西，並非改變我自己的東西。

櫻井學長對著驚訝的我微笑。

『成瀨啊，包含你在內，這間學校攝影社裡拍的照片只是單純記錄用的照片。只是毫無意圖地把面前的東西擷取下來，並不是創作照片。』

『咦？照片是創作品嗎？』

聽見我愚蠢的提問，櫻井學長又笑了。

『如果你不介意，讓我來教你如何創作照片吧。』

這應該是他獨有的心血來潮吧。

國一那年夏天，我在櫻井學長指導下學習創作照片，他教會我最基本該具備的技術。

結果，我在暑假結束後舉辦的僅限國中生參加的攝影賽上獲獎。

雖說獲獎，也只是幾十個佳作的其中之一。即使如此，對我來說也是個壯舉，包含家人在內，班上同學和社員也替我非常開心。

我還以為櫻井學長也會同樣替我開心，我對他提過我想要參加攝影賽，他要我自己去拍照自己挑。

在教室裡只剩我們兩人時，我把拿到佳作的照片拿給櫻井學長看並向他報告。櫻井學長認真地注視照片後，不知為何露出悲傷表情：

『成瀨，你只是佳作就滿意了嗎？』
這個聲音，在兩人獨處的教室裡特別地冰冷響亮。
『你問我滿不滿意……我覺得已經夠好了，一種值得紀念的好回憶的感覺。』
『你不想要拿到更好的獎嗎？』
櫻井學長用拍照時的眼睛看著我。也就是非常認真。
我仔細檢討自己心思後回答：
『就連佳作對我來說都太高攀了，你教我這麼多，我說這種話也不太好，但就連這個肯定也只是偶然的產物……』
『如果你更認真做，肯定會更不同。』
『什麼？』
『我教你的，是在那個攝影賽中，至少可以拿到優選的拍照方法。你有才華，要不然我也不會教你。但你卻替自己設限，把自己的格局做小。』
我以為櫻井學長生氣了，但不是如此，他是很悲傷。
他或許是在尋找，和他相同認真面對攝影的人。
我背叛了櫻井學長的孤獨。

『結果到最後，成瀨你根本不是能認真做什麼事情的人。有點聰明也算能幹……』

櫻井學長留下這句話，離開教室。

在我的人生中留下強烈印象後，靜靜離去。

我們彼此都沒有離開社團，也有機會見面，但我感到莫名愧疚，在那之後完全沒辦法找櫻井學長說話。

時光就這樣流逝，大我兩屆的櫻井學長國中畢業了。

他沒繼續升學，在我國中畢業時，我聽說他到東京當專業攝影師的助理。

在那之後又過了三年，我高中畢業時有場國中攝影社的聚會。聚會中也有之後頻繁出來見面，我也和他進同一間大學就讀的學長。

但櫻井學長沒有來參加聚會，明明只大我兩歲，但聽說他已經是個獨立的攝影師了。

大家異口同聲誇獎櫻井學長上傳到社群網站的照片，我也拿自己的手機確認。照片不是拍攝而是創作。

現代有可以簡單拍出漂亮照片的智慧型手機，而櫻井學長創造出他獨有的手法。他創作的照片非常漂亮，受到許多人讚揚。
和量產型的我不同，櫻井學長不管走到哪，都擁有僅屬於他的東西。
我邊回憶著他的事情，回頭審視現在的自己。
『結果到最後，成瀨你根本不是能認真做什麼事情的人。有點聰明也算能幹……』
櫻井學長對我說的這句話，現在仍如木樁深深刺在我心中。
我不是特別的人，不是能認真做什麼事情的人。
每當我看見或聽見「攝影」兩字，就會不由分說地意識櫻井學長這段話。我別開視線，接納了不中用的自己，自己放棄自己。
但是……這樣的自己沒辦法吸引喜歡的人回頭也是理所當然。
我忍不住緊握買下的文學雜誌，目不轉睛地盯著看。
要是我得到特別之物，綿矢學姊會感到驚訝嗎？她會認同我的價值，轉過頭來看我嗎？
好想要。我現在無比渴望「特別之物」。
平庸、無才只是隨波逐流活到現在的我，第一次真心渴望什麼。

祈願著想得到手。

以那天為界，我決定邁開腳步，需要的就是覺悟，想清楚不需要其他多餘的東西。

回想起來，「認真起來」就是這麼一回事吧。

在那兩天後我和櫻井學長重逢，當時還在放暑假。

我想要再次請他教我攝影，不對，非得請他教我不可。

如果我想要改變自己，就需要回到過去那時。

我透過社群網站得知櫻井學長的動態，朋友在他主要活動地點的東京舉辦個展，他似乎正在幫忙朋友。

我下定決心去開展地點，會場中除了參觀民眾外，還有幾個看起來是相關人士的人聚在一起悄聲說話。我一眼就瞧見櫻井學長就在其中。

我朝他走過去，發現我的櫻井學長也轉過頭來。上一秒還很訝異地看著我，下一秒就轉成似乎發現什麼的表情。

「我不想只是佳作。」

一瞬間，時間彷彿靜止。我這句話讓櫻井學長睜大眼。

但實際上時間並沒有靜止，仍然往前流動。

而現在也仍持續前進，就算什麼也不做，仍會毫不留情地繼續前進。

「我花了六年才說出這句話，但我終於能說出口了。我現在不滿足於只是佳作，有無論如何都想要得到手的東西。所以……」

櫻井學長的朋友及會場民眾的視線全聚集在我身上，這是無比羞恥的場面。一個突然闖入的人，開口說出莫名其妙的話。

但我毫不在乎，被人認為厚顏無恥也無所謂。

取而代之的是，無論如何都不想變成無欲無求。

「請你再次指導我創作照片的方法。」

說完後，眼前這個人——櫻井學長——輕聲一笑。

那是那年夏天，他教我攝影時看過無數次的笑容，那個夏天過後，我再也不曾見過的笑容。

「成瀨，你啊……還想說好久不見了，開頭就是這個啊。」

和說出口的話相反，櫻井學長看起來很高興，甚至微笑著說：「但你還真是變成一個有趣的人了耶。」

有非常多想說、該說的話，但當時的我們不需要這些。

櫻井學長嘴角帶著笑意對我說：

「好啊，我正好在找可以免費任我使喚的助理，你起碼做好這點覺悟了吧？」

在櫻井學長身邊無償當助理，這就是學長教我攝影的條件。我沒有意見，也當場決定時間長短。

我當作目標的競賽結果發表約在一年之後，所以由我提出一年為限正好一個段落，櫻井學長也同意了。

在那個階段，如果後悔了也還可以回頭。只要向櫻井學長道歉回到獨居的公寓，就能不做任何改變，過上與先前完全相同的生活。

但我就是討厭之前的自己才來到這裡，即使可能浪費接下來的一年也無所謂，只要想成重考或留級一年就能釋懷。

只不過，我盡可能不想造成父母困擾，確定當助理的時間之後，我離開展覽會場致電父母，為了跟他們商量休學事宜。

我得知在第二學期開學前提出申請就不需繳交額外費用，獨居的公寓也會解約，等到我復學後，只要早上提早從老家出門就能趕上上課時間。

獨居原本就跟父母送我的禮物沒兩樣，本來就是個奢侈。

那天是週六，父親在家裡，當我說我想要休學時，嚇了他一大跳。

他當然問了我理由，我回答：「我有無論如何都想要現在做的事情。」

「非得要現在做不可嗎？沒辦法邊念書邊做嗎？」

「嗯，要是現在錯過了，我大概會後悔。我現在有得比準備大考還要拚命去做才行的事情，從挑戰自己的意義上來看，我無論如何都想要去做。」

父親相當煩惱，至今不曾提出任性要求的我，突然說出不確實且不切實際的任性要求。

「……你打算要休學多久？」

「一年，現在提出申請就不需要繳休學申請費，現在住的公寓也可以解約。我也會做準備。等復學之後就從老家通勤，如此一來只是我花費了一年時間，節省下未來的公寓租金，也沒有金錢上的損失。」

我也老實說我想要學攝影，也說了國中的櫻井學長的事情以及我想報名攝影獎的事情。一陣沉默後父親回答「我明白了」。

「但你不能讓你媽擔心，起碼一個月要聯絡一次。」

我向父親道謝時，忍不住隔著電話當場跟著鞠躬。
就這樣，我限期休學一年，到櫻井學長身邊開始助理的工作。
我當作目標的攝影獎最後報名期限是明年二月底，那麼到那之前的大約半年，我要拚命嘗試，如果做不出成果來，那就到此為止。
或許還有其他方法，落選後可能也有留下的東西或是繼續延續下去的東西，但我現在沒辦法想那麼多。
我想要盡我全力，讓最喜歡的人轉過來看我。
我對櫻井學長說好要去他那無償工作後，當天先回在學校附近的公寓。
雖然很不好意思，只能把公寓解約交給父母處理，學校有關的東西寄回老家，把生活所需的衣物等東西寄到櫻井學長在東京的公寓。除此之外的東西全部丟棄。
在東京的居所是1房2廳式的公寓，水泥裸露在外且屋齡頗高的這間公寓，櫻井學長租來當作居所兼工作室使用。
「那麼成瀨，那從今天開始就請指教囉。」
「是的，還請多多指教。」
做完準備移居東京那天，我和櫻井學長如此對話。

他答應我會保證我最低限度的衣食住，工作室的沙發就成了我的床鋪。雖然睡得背痛，但我睡在這裡的日子就此展開。

而且名義上是助理，內容幾乎全是粗重的工作。得把各種器材搬進攝影棚或戶外的拍攝現場，接著設置好器材以進行攝影。

櫻井學長會趁空檔教我攝影。

而且很愚蠢的，我雖然是來學攝影的，卻沒有自己專屬的相機。

櫻井學長不只沒生氣還笑了，還把他以前用的單眼相機借給我。

我告訴他我無論如何都想要在某個攝影賽中得獎，也老實告訴學長理由。

聽完我說的話後，櫻井學長瘋狂大笑。

「成瀨啊，一段時間不見，你真的變成一個很有趣的人了耶。」

櫻井學長身為專業攝影師，他把重點擺在可以如何提升商品價值來拍照。他會拍物品也會拍人物，不管什麼工作都熱誠十足去做，拍出漂亮得驚人的照片。

在櫻井學長許可下，我有時也會用相同模特兒拍照。但不管怎樣都沒辦法拍出櫻井學長那樣的照片，並非相機有差距，而是拍攝者的能力差太多。

「你的照片裡小聰明太多了。」

關係到搬運的器材，前往拍攝現場時都是由櫻井學長駕車，在車上他對我這樣說。

「你不是為了變得小聰明才來的吧？變笨一點啊。試著打破你的規矩，如此一來你就能知道你的規矩有多平庸有多小，無法應用也無法延續，是多無趣的東西。」

搬運器材，做好攝影準備，看著觀景窗按下快門。櫻井學長也會教我用電腦顯影的方法，我沒有一天不碰相機。

除此之外我還要打掃、洗衣、燙衣服及煮飯。櫻井學長還笑說不用燙衣服，但這是我決定要做的事，絕對會把手帕燙好。

原本還是夏天回過神時已到秋天，攝影工作沒有假日，早上一大早出門，晚上三更半夜才回家。

秋天也結束進入冬天時，發生令人訝異的事情，竟然收到綿矢學姊的聯絡。

《聽說你休學了？》

我白天很忙沒發現訊息，等到晚上告一個段落時才終於發現，我壓抑著高昂的情緒回訊。

《綿矢學姊好久不見，謝謝妳傳訊息給我，那個……我因為一點原因休學了。》

《這樣啊，你過得還好嗎？》

《是的，我很好。雖然有很多辛苦的事情，但總算是努力撐著。》

《你現在在幹嘛？》

《一整天都在打工。》

在我決定休學時有聯絡大學同學們，要從頭解釋理由太複雜了，所以我都用「有點狀況」來帶過，然後被問到現在在幹嘛時都回答「在打工」。

該不會是這些事情傳進綿矢學姊耳中，她擔心我才聯絡我的吧。

綿矢學姊很溫柔，也可能是以為我休學的原因是那天分手的關係，對此感到心痛才傳訊息給我。

《那個，綿矢學姊。》

想到這裡，我主動先開口。

《還能像這樣和妳對話，我非常高興。》

接著寫下感謝她的訊息。

《我能在大學認識學姊真的太好了。》

《我只有對你做了很過分的事情。》

如果說擅自喜歡上她的人是我，那糾纏她、打破約定的人也都是我。學姊沒做任何過分的事情。

《才沒那回事，從一開始就是我配不上妳。》

而且，我打從一開始就知道自己配不上綿矢學姊，因為……

《因為我什麼也沒有。》

在那之後，我害怕話題會越變越沉重，所以立刻轉換話題。

《學姊現在在幹嘛？》

《我？我沒什麼變。去上學，然後偶爾幫我媽工作兼打工。》

總算是轉換過話題讓我鬆了一口氣，但下一則訊息嚇我一大跳。

《還有，現在在寫小說。》

《小說嗎？》

《嗯，有點想要投稿文學獎。要保密喔。》

……我大概猜對了。小說和攝影獎項分開徵稿且評審委員也不同，但學姊大概是要投稿同一個雜誌舉辦的比賽。

那麼，只要我用自己的名字得獎，學姊或許會發現。

接著到了我得回去工作的時間，我又和學姊互傳了兩三句訊息後關掉軟體。

在收到綿矢學姊聯絡之前，我還感覺只要能進到名字會被刊登在雜誌上的最後一關就夠了，因為走到這一步也能算是個小成果了。

但這只是我設下防線而已，只是在我想全力以赴時，為了到時無法實現也不會受傷而這樣做。

不能用這種半吊子的心情，如此一來無法達成任何事情。

我下定決心一定要得獎，即使沒得獎也要讓自己狠狠受傷。

十二月中旬，我開始自覺攝影的方法出現改變，我想應該有各種意見與想法，但我切身感受攝影是個創作行為。

不是「拍」照而是「創」照，與其他藝術相同，是有意圖地創作出來。

我偶爾會在櫻井學長邀約下，拿起相機走上十二月的街頭。兩人一起去拍各種東西，景色、物品，在小巷弄間發現的貓或展翅起飛的小鳥，人類與活動，和他們的笑容。

在我剛到東京重拾相機時，好幾張照片裡頂多只會偶然出現一張亮眼的照片。

而這個偶然逐漸轉變為必然。

雖然還追不上櫻井學長理所當然能做到的程度，但攝影讓我感覺開心得不得了。不是當作紀錄的照片，而是在創作行為下拍照。

「也差不多試著拍參加比賽的照片了吧。」

攝影師沒有假日，年底有年底的，新年也有新年的工作。在工作告一段落的一月中旬，截止報名的一個半月以前，櫻井學長如此對我說。

此時的我已經在沙發上睡覺也不會背痛，完全習慣這邊的生活了。

「你決定好想拍什麼了嗎？」

「想好了，我想要拍泉水。」

「泉水？這是為什麼？單調且無法讓空間有所擴張的素材會讓難易度飆升。雖然討好評審不是全部，但如果你想得獎，就該拍容易受評審歡迎的東西啊。」

「這……確實是這樣說沒錯。但我無論如何都想要挑戰看看，其實啊，我喜歡的人名字是『泉』。」

我很害臊地坦白後，櫻井學長一如往常大爆笑。他說著「既然如此你就要加油，我也不會吝嗇給你建議的。」然後聽我的拍攝計畫。

想拍怎樣的照片已經在我心中有明確想像，也已經找好拍攝地點。東京都內有好幾個庭園，其中也有免費開放且有湧泉的地方，我也早已確認好是否可以拍照。

冰凍的泉水。

我想要拍下光線射下，冰塊碎裂的瞬間。

和櫻井學長商量之後，他認為雖然不是最佳選擇但也不差。只不過也對我說這得要在很嚴峻的環境下拍攝，要我有所覺悟。

結冰的條件是零度以下。

我接著開始展開睡前確認隔天早上氣溫的生活，只要條件吻合，我就會在天空染上琉璃色的夜晚與清晨的狹縫間醒來，獨自出門去拍照。

吐出的氣息染白，早晨東京如無人般寧靜。

第一次看見泉水結冰的光景時無比感動。

我忍受寒冷在那裡等待朝陽，以冰塊碎裂的瞬間為目標，目不轉睛地隔著觀景窗看著。

結凍的泉水表情豐富，反射光線閃耀夢幻光彩。

邊溫暖手指避免要按快門時卡住，等待冰塊碎裂的瞬間。

終於迎來那個瞬間，「喀嚓」宛如朝泉水丟小石頭的快門聲響起。

我立刻確認照片，但當然不可能一次就成功。

最根本的構圖相當糟糕，包含光線調整在內，完全無法達到我腦海中完美形態的等級。

我重新構思想像，換了一天又重複挑戰好幾次。我也請櫻井學長過目，但他每張都搖頭，一月就在沒得到任何手感中過去了。

不僅一月，二月的第一週、第二週也結束。報名截止的日子確實步步逼近，我也開始默默焦急起來。

正好就在這個時期，我得知了神谷透先生的名字。

我偶爾會和日野小姐互傳訊息，日野小姐在年底年初那段時間，特別為了大考衝刺努力中。

二月的那天，她順利結束所有要考的入學考。在我和她聊著這些事情時，日野小姐先提到綿矢學姊的名字。

《話說回來，有件和小泉有關的事情。》

我雖然沒告訴她我休學，但她在訊息中對我說過綿矢學姊冬天時有告訴她這件事。我想她應該忙著準備大考，但她那時傳送了《還能再和你聊天真是太好了》

這溫暖的訊息給我。

她也簡單在訊息中告訴我，在那之後她也會和綿矢學姊見面或講電話。

只不過，這次並非這類的內容。

《我原本就打算大考還沒到一個段落不講這件事的……現在也考完了，所以我就對你說喔。高中時，有個名叫神谷透同學的人。他是我的男友，也是小泉的朋友。你或許曾經從小泉口中聽過他的事？》

神谷透先生。陌生的男性名字出現，這讓我感到些微驚訝。

《沒有，我第一次聽說。話說回來，日野小姐有男友啊。》

我雖然驚訝仍如此詢問，以前日野小姐曾說過她沒交過男朋友。這讓我很意外所以印象深刻，但想著或許是我記錯才如此提問。

她沒有馬上回訊，空白了幾十秒之後，才收到她的訊息。

《這事情說起來有點複雜，我可以打電話嗎？你認識我也認識小泉，機會難得我想趁現在告訴你。》

我雖然訝異也答應了，日野小姐立刻用軟體打電話來。

接著，我從日野小姐口中聽到她有點特別的高中生時代。

得知她曾罹患「順向性失憶症」這個疾病，而那段期間她有個男友。

高中才剛畢業她男友就過世了……因為他的遺言，綿矢學姊把與男友相關的事情從日野小姐的日記中全部刪除。

大考結束的現在，日野小姐打算要回憶起已逝男友的記憶。她說就算是微不足道的小事也好，她想要知道關於神谷透先生這個人的事情。

我邊聽她說邊變得安靜，日野小姐有這段艱辛的過去也令我驚訝，但有其他事情帶給我超越此事的衝擊。

『妳為什麼討厭溫柔的人？』

『溫柔的人，是好人對吧。那種人啊……會早死。』

過去和綿矢學姊這段對話的意義，終於在我心中串聯起來了。

『我……不喜歡溫柔的男生。』

是那個人，是神谷透先生，綿矢學姊忘不掉的人，就是他。

——綿矢學姊喜歡上的人是她摯友的男友……且已經過世了。

綿矢學姊為了實現神谷透先生的遺言，把他的存在從日野小姊的心中全部刪除。

但即使日野小姐忘了，他的存在也不曾從綿矢學姊的心中消失。

『我有件事忘不掉……但我很清楚，我非得遺忘不可。或許我是想著，只要假裝談戀愛就可以解決一切吧，談一場彼此都不認真，空有其表，只是樂在其中的戀愛。』

事實上，綿矢學姊為了這件事痛苦著。

我完全沒好好看綿矢學姊。

「那個……成瀨同學，你沒事吧？怎麼了嗎？」

日野小姐透過電話喊我，讓我回過神來。我猶豫著該不該對她說我發現什麼，但有失憶症的日野小姐或許不知道綿矢學姊的心意。

我不能莽撞地讓她察覺，或直接說出口。

「沒事，只是有點嚇到，謝謝妳告訴我。」

「不會，其實能聽我說的人也不多，你願意聽我說，光這樣就讓我感覺又能再次整理。不好意思，讓你聽我說這麼久的話，但是謝謝你。」

我們接著又稍微聊了一下才掛斷電話。

我獨自一人待在晚上的工作室裡，靠近窗戶，玻璃如那天餐廳的玻璃般倒映著我的身影。
神谷透先生，是綿矢學姊喜歡的人，曾經喜歡的人。
和我有同樣名字的……那個人。
我回想起之前和日野小姐一起在家庭餐廳裡確認過的，可能是綿矢學姊高中時喜歡的人的特徵。
溫柔、擅長家務、為家人著想、認真……
那大概就是神谷透先生吧，僅僅只是劣等版的我，大概遠遠不及這位神谷透先生吧。
但我心中有絕對不輸給神谷透先生的東西。
喜歡綿矢學姊這份心情絕不輸給他。只有這點，我不會輸給神谷透先生，絕對不能輸。
此時我發現一件事，或許其實根本不需要特別的什麼，我或許只是單純想要一個契機而已。
為了能再次對學姊告白……
邊思考著這類事情，為了拍好參賽用的照片在清晨前往庭園。

雖然時值二月，不是每天清晨氣溫都會低於零度，能拍照的機會相當有限。

幸好這天也結冰了，晴朗無雲，庭園的空氣閒適澄清，只有我吐出的白色氣息飄動。

接著陽光灑落庭園，照射在泉水上。

當我透過觀景窗看泉水時，心愛之人的面容浮在水上。靜心等待的沉默時間中，我想著自己為什麼會喜歡上綿矢學姊。

因為她容貌出眾？因為她很美？

這都不是決定性因素，其他還有許多容貌出眾的人，我也在攝影工作中見過、聊過，但只有綿矢學姊令我強烈相思。

對那張看起來寂寞的表情……

『成瀨你為什麼拍照？』

『因為只要拿起相機拍照，大家都會露出笑容。』

是因為我拿起相機了嗎？過去在我耳邊低語，讓我不由得瞪大眼。

我一直過著平凡、平庸且隨波逐流的人生。

這樣的我也曾有想要珍惜的東西。

為什麼會遺忘了呢？小學生時還那般珍惜、重視著啊。是和相機一起，被我遺忘在某處了嗎。

我喜歡人們的笑容。只要拿起相機拍照，大家都會展露笑顏。所以我才會喜歡上攝影。

我好希望綿矢學姊能笑。

我希望學姊可以露出衷心的笑容。

我絲毫不知學姊的痛苦過去，這樣的我還來得及嗎？來得及碰觸到她嗎？

下一個瞬間，我的視線中有了動靜，冰塊輕響碎裂。

我加諸祈願按下快門。

「終冰」

此時，我拍出了最後命上此名的作品。

作品名稱是櫻井學長陪我一起想的，位於戶外的水冰凍被稱為「結冰」，這個季節最後的結冰就稱為「終冰」。

實際上東京的終冰應該是三月底，但櫻井學長說，創作的重點不在這裡。

「這不是其他人，就是你的作品。別被事實或常識拘束，你要自己完成到最後。」

我決定拿這張照片報名參賽，此時距我休學已過半年。

我專心致志面對攝影，過著生活重心全繞著攝影打轉的生活。看在櫻井學長眼中可能還相當拙劣，但我創作出自己得以認同的作品了。

決定好作品名稱，接下來只需要填好必要事項報名參賽了。

除了本名的欄位之外，還有填寫「作者名」的欄位，我原本不打算另外取名，為了讓應該會投稿參賽小說項目的綿矢學姊發現，我打算用本名參賽。

〈終冰〉　成瀨透

但某個想法閃過腦海，彷彿檢視自己般凝視著那個想法。

照片並非拍攝之物，而是作品創作。

我當初是想要用這個作品表現什麼呢？雖然沒特別意識，但或許是我的內心深處察覺了。

我想讓綿矢學姊露出衷心笑容。想要融解她冰凍的表情。

……或許拉下布幕的人不該是我。

突然感覺自己的名字很礙事，感覺自己不能在這裡。所以我狠下心來換了名字，包含作者名字在內，這個作品或許就該這般呈現。

〈終冰〉　神谷透

綿矢學姊曾經喜歡的人，神谷透先生。

他是怎樣的人呢？是個笑起來怎樣的人呢？

我的選擇或許錯了，但我沒打算冒瀆死者，也並非想要隨意搗亂學姊心思。帶著對學姊喜歡之人的敬意與尊敬，把這當作完成這個作品的最後一片拼圖，我決定厚顏使用神谷透先生的名字。

就這樣，我完成了參賽報名。

季節迎接春天，春天是攝影師們很忙碌的季節。

在我拍攝參賽用的照片時，櫻井學長說我可以不用幫他工作也沒有關係。為了可以回報那段時間的恩情，我努力做著助理工作。

在那幾個月後，當我接到電話通知得獎時嚇一大跳。

對方詳細詢問我的作品意圖等事項後，告訴我結果，是佳作，五個作品中的一個。

掛斷電話後的我，不知道該怎麼整理這個事實。

我達成目的了，沒有白費走到今天的歲月，但是……

「喲，結果怎樣？」

我回到工作室時，大概是我接到電話慌張的樣子讓櫻井學長有所察覺吧，他笑問我，他的笑容讓我泫然欲泣。

我好高興，但同時果然也覺得很抱歉……

我使出全力了，但這次也背叛了櫻井學長的期待只拿到佳作。

「是……佳作。」

我說完後工作室一陣寂靜，不對，本來就很安靜。只是我的心寂靜無聲而已，我完全不敢正眼看櫻井學長。

過一會兒，櫻井學長朝我走近。

我讓他失望了，我讓他傷心了。

我以為對我失望的櫻井學長會直接走過我身邊，大概再也不想看見我了吧，我真的再也看不見他那親切的笑容了。

「成瀨，你做得太好了。」

但櫻井學長做出超出我預料的事情，他開口慰勞我，還拍我的肩膀。

我抬起頭，櫻井學長對著我微笑。

「但我又是佳作……」

「成瀨，你很認真去做了對吧？二十四小時全想著攝影，摸相機，盯著觀景窗看都看到眼睛痛了，你不顧一切地專注面對攝影。」

「我沒有辦法……二十四小時全想著攝影，我還會睡覺。」

聽到我這脫線的回答，櫻井學長有趣地笑了。

我也跟著露出笑容。

「但我醒著時幾乎都想著攝影。」

「這樣啊，那你覺得攝影怎樣？有趣嗎？」

「是的，非常有趣。」

只有這點我能自信滿滿說出口，看著他的眼睛直率回答。

櫻井學長微笑著垂下視線，有點害臊地笑著說：

「成瀨，你曾經問過我對吧，問我為什麼要拍照。」

「是我國一放暑假之前的事情了呢，我記得很清楚。」
「我也記得很清楚，然後當時我如此回答『攝影可以讓我成為特別的人』，但是啊，其實我很喜歡你的答案呢。」
說到這裡，櫻井學長嘴角帶笑繼續問我：
「那麼成瀨，你為什麼要拍照？」
我的答案只有這個。
「那是因為……」
當我說出和以前相同的答案後，櫻井學長露出無比燦爛的笑容。
那是可以窺見他孩童時代純真表情的溫暖笑容。
出版社寄送電子郵件給我，正式通知我頒獎典禮將於八月中旬在東京舉辦。
雖然櫻井學長說可以不必繼續幫他，但我在頒獎典禮之前，還是邊準備復學邊繼續幫他工作。
我打算頒獎典禮結束後就要搬回老家，直接向雙親報告。也要聯絡日野小姐，但因為不好意思，我打算瞞著大學同學。

只有綿矢學姊不同。

我要拿著照片與得獎紀念的獎盃去見學姊。

接著再次表達自己的心意，對她說「我喜歡妳」。

我要再次告訴學姊自己的心意。

頒獎典禮當天，我穿上大學入學典禮上穿的西裝，站在公寓前和櫻井學長面對面。櫻井學長最後對我說了「這個就送給你」，然後把我這一年所使用的相機掛上我的脖子。

「成瀨也是個不折不扣的攝影咖了。」

我們倆同時笑出來，櫻井學長還有工作，我們就在此分道揚鑣。

「不管你會被甩還是能成功，改天都要和你喜歡的對象一起來找我啊。」

「要是被甩了應該很難實現吧。」

「你很煩。」

櫻井學長到最後一刻都笑著對我，他舉起手說著「再會啦」。

我一鞠躬，輕輕轉身。

「就算不當專業攝影師也沒關係，」

櫻井學長對我說，我不禁轉過頭。

「要繼續拍照啊。」

一件事的開始，也同時是一件事的結束。我回顧這一年幾乎要熱淚盈眶，仍對他說出口的話點頭。

「多謝照顧，後會有期。」

我說完這句話後邁步朝地下鐵車站前進，仰起頭前行，為了不讓淚水滑落。

在頒獎典禮上，我比自己想像的還要冷靜。拍下照片的人成為被拍照的人，我提醒自己要露出最燦爛的笑容。大家都笑著。

祝賀會上有人來找我說話，我對有如此多人看見自己的照片感到驚訝。

但有件事情讓我更加驚訝。

談笑間感覺有股視線注視著我，我轉過頭去，一位穿著穩重顏色連身裙的美人站在那裡。

那和我認識的人極為相似，我不禁定睛注視。

不對，那不是相似，是本人，是學姊，綿矢學姊就在面前。

或許發現「神谷透」是我，學姊相當驚訝。

2

『喂，綿矢～這個一年級的是我高中學弟，他說他喜歡妳耶。』

一年前，在我無法徹底拒絕只好參加的聚會上聽到同班同學對我這樣說。

我轉過視線，看見一個態度慌張的男孩。

男孩透露出才剛上大學一年級的青澀，感覺似乎在哪見過他，但我沒辦法清楚回想起來。

『咦？真的嗎？』

『啊，呃，那個。』

我升上大二之後仍然無法忘記阿透，如果要喜歡，別喜歡上我這種人，喜歡別人會比較好，這也是為了他好。

『但是……我勸你放棄我比較好，因為我是個超級麻煩的女人。』

一想到這，我故意說了難以回應的回答。

但他太率直了，毫不受挫地繼續回答我。

『我、我不這麼覺得！學姊是很出色的人。』

他的話嚇了我一跳，『不對，你還什麼都不知道吧？』我的同學如此吐槽，身邊的人全也跟著笑了。

『該怎麼說呢，即使如此，還是可以透過氛圍了解……』

我覺得他還真是個奇怪的人，稍微對他產生點興趣。

過一會兒，他被其他人推到我身邊來，因為我不知道該怎麼喊他，便開口問了他名字。

『你叫什麼名字？』

『啊，我叫成瀨，成瀨透。』

聚會地點是大學附近的居酒屋，附近還有其他大學生在喧鬧，但這個瞬間，所有聲音離我遠去。

在喧囂聲回到我耳中的同時，我繼續問：

『……透？那是哪個字？』

『透明的透，就跟我的名字一樣，我可能也是個沒什麼個性的人。』

在那不到兩個月之後，成瀨透學弟向我告白。

我為了要忘記阿透而開始和他交往。
在和成瀨學弟交往之中，我知道了他的許多事情。
外表看起來相當聰穎，但他其實有點不是很可靠。他不擅長拒絕。沒辦法想像他自己主動挑戰，或是主動去爭取什麼的樣子。
這樣的他，現在用「神谷透」的名字得獎了。態度謙虛也打直背脊站在祝賀會的會場中。
成瀨學弟朝我身邊走過來。
「好久不見了，很高興可以見到妳。我完全沒有餘裕去想或許會在這邊見到妳，所以嚇了一大跳。」
正如他所說，他相當驚訝，這之於我也相同。
有太多事情不明白了。他為什麼會在這裡？明明說不喜歡拍照也不喜歡被拍啊，又為什麼會報名參加攝影獎？
而且為什麼會用神谷透這個名字……
這個他，與一年前相比彷彿找到堅定中心的他，毫不遲疑地問我。
「祝賀會結束之後，可以和妳說說話嗎？其實我原本打算回家之後要去見妳……但如果方便，我希望妳今天能聽我說。」

「我知道了，我也有事情想問你……我會等你。」

我們當場決定祝賀會結束後要約在哪裡見面。

有好多話想說，但看似比賽相關人員的人喊他，他留下「那麼待會見」後就和對方離開。

我無言注視著他的背影，雖然時間短暫，也是我至今看過無數次的背影。

果然和一年前有所不同，那不是我所知的，只有溫柔的他。

「小泉。」

在我目送成瀨學弟離開時，聽見熟悉的聲音。轉過頭去，阿透姊姊就在我面前。姊姊大概知道他，發現我正在看誰後對我微笑。

「妳和他……說上話了嗎？」

「啊，有，稍微說了一點……那個，他是我大學學弟。」

「聽說是這樣呢，我也嚇一大跳，因為看見攝影獎項的得獎候選名單上有我弟弟的名字啊。」

這一定會嚇一跳，特別是姊姊知道阿透對攝影有興趣。

「但看見他的大學和年齡，我就知道他是妳的學弟了。而且本名也不同。然後在他確定獲獎之後，我請負責人幫忙問理由……也得知他使用神谷透這名字的理由。」

說到這裡，姊姊對我說「妳可別責罵他喔」。

就在我不解這句話的意思時，有人喊姊姊，我和姊姊約好隔天見面後，目送她纖細的背影離去。

從過去到現在，在我不知情中發生了許多事情。

祝賀會不到一小時就結束了，我移往飯店大廳。

不一會兒成瀨聯絡我，幾分鐘後，尚未看慣的西裝打扮的他現身。

在椅子上坐下，我們倆睽違已久單獨面對面。

「好多事情嚇了我一大跳。」

有好多話想說，也有好多事想問，但我最先說出口的是這句話。

「我才嚇一大跳，沒想到會用這種方式見面。」

如果能夠同以得獎者身分見面的話或許會更好，但我還不夠格。反過來說，表示他認真鑽研到足以得獎。

「原來你有接觸攝影啊，從哪時開始？」

「嚴格來說是從小學開始，但當時我只是胡亂按快門而已……真正有意識開始攝影是從國中的夏天開始，因為認識了一個學長。」

接下來，我從他口中聽到他國中時代與攝影有關的往事。認識了一個學長又分離，一年前與該位學長重逢，又再次請學長教他攝影。

「但你為什麼會突然參加攝影獎呢？你之前不是已經放棄了嗎？」

聽完來龍去脈後仍有疑問，我問完後成瀨注視著我。

他最後終於說了，沒有任何心虛，眼神真摯。

「因為我喜歡妳。」

他以前也曾對我告白，但話中聲調很是不同。

此時的聲音非常冷靜且澄清。

「就算是這樣……甚至讓你不惜休學去做嗎？」

「因為我覺得如果無法在此改變，我永遠都無法改變。我認為無法使出全力去做一件事的自己，理所當然沒辦法吸引妳回頭看我。所以我想要努力看看，然後……成為可以自豪的自己，想把得獎當作理由再一次去見妳。想要再次向妳表達我的心意。」

我的心不禁為之悸動，因為他為了我獻出歲月與努力。

他喜歡我，希望我回頭看他。

沒想到他會為了這種事情休學，跑到東京街頭來拍照……

「你，太勉強自己了啦。」

我搔搔眉毛如此輕語，成瀨害臊地微笑。

「回想起來，我應該是很想勉強自己，因為有即使勉強自己也想讓她回頭看我的人。人生中很少能碰到如此令人感到喜悅的事情啊，對吧。」

他這句話讓我和阿透過去曾說過的話交疊，我非得遺忘不可的阿透的話，在這句話邀約下浮上我的心頭。

『但是如果有稍微勉強就能辦到的事情，如果有稍微勉強也想要做到的事情，我覺得那很幸福。』

戀愛總是在我不知情時改變了些什麼。

阿透也是如此，他原本應該是很冷漠的人，卻變成無比溫暖的人。

眼前的成瀨也是相同。

原本應該是不起眼的平凡學弟，現在竟然這般不同。

我雖然與戀愛隔了一段距離，卻比誰都更靠近感受因為戀愛而有所改變的人。只有我一個人毫無變化，在什麼也不知情中……

「學姊……妳曾經喜歡神谷透先生對吧？」

幾乎要低下頭的我聽到這句話猛然抬頭。

問他為什麼知道阿透，他告訴我理由，也聽他說了拿阿透名字參賽的始末。

雖然很多事情讓我驚訝，但我不氣他。知道阿透對攝影有興趣的只有我和姊姊，除此之外的人看見了也只會覺得是偶然。

「神谷還活著時……他曾說過將來有天想要接觸攝影，所以我非常驚訝。」

「神谷先生這樣說？」

「對，雖然不可能，但我一度想著他該不會還活著吧……高中時，他曾經替我拍一張照，而且還拍得非常好看。」

大概受到感傷影響，我說出不曾對任何人說過的往事，不禁把意識集中在手機上。

「那是怎樣的照片？」

「只是用手機拍的，不足為奇的照片。」
「可以讓我看看嗎？」
「對不起。」
那不是值得讓人看的東西，而且從接觸攝影的人來看，或許根本稱不上好。
「我無論如何都想看，我想看神谷透先生拍下的學姊的照片……我想看。」
但我敗給成瀨的熱情，排除自己的害臊，或許我也想要讓誰看看阿透留下的照片吧。
我拿出手機顯示出照片遞給成瀨。
他沉默地注視著手機，一動也不動。
「謝謝妳。」
當他道謝著還我手機時，我發現了一件事。
成瀨的眼睛不知為何泛著淚光。
「你為什麼這個表情啊？」
我一問，成瀨慌慌張張擦拭眼睛，慎選詞彙一番後才終於開口。
「因為……我知道學姊有多麼喜歡神谷先生了。而且我所追求的就在這張照片裡。」

「所追求的？」

「我很想讓學姊露出笑容，學姊在學校裡雖然很開朗，但我認為，妳應該沒有打從心底真正開朗吧？」

「那是……」

「我很想讓這樣的學姊露出笑容，那大概就是我喜歡上妳的理由。就像這張照片一樣，我……我想讓學姊露出衷心的笑容。」

讓我露出笑容。

回想起拍下手邊照片那天的印象與思緒。

想起兩人一起逛文化祭，笑得臉頰都抽痛了的事。想起距離近得幾乎肩碰肩，我最喜歡的神谷透這個人。

我在他面前能自然露出笑容，忘記所有憂愁與擔憂，可以只是安心微笑。我打從心底喜歡他。

「學姊是從什麼時候開始喜歡神谷先生的呢？」

「……我也不知道，不知不覺中就喜歡上他，也在不知不覺中放棄了。在我升上高三時已經……」

當我再次垂首時，手機闖進我的視線中。畫面顯示著滿臉笑容的我，那是我已經遺忘的懷念笑容。

「妳喜歡神谷先生哪一點？」

成瀨又接著問，我不由得沉默。

「讓人火大的地方。」

他對我的回答感到驚訝，也露出看著心愛之人的微笑。

我無法阻止心思傾瀉。

「我原本以為他和我同樣是冷漠的人……但他對真織卻越來越溫暖。毫不害臊地直言想讓每天的真織都露出笑容……好溫柔、好溫柔，溫柔到令人火大。擅長家務，泡的紅茶比我還好喝。完全不考慮自己的得失，然後、然後……」

當我發現時，我的視線因為淚水開始模糊，我就是如此喜歡阿透啊。

閉上眼，腦海中滿是那傢伙的笑容。

但那是側臉，阿透的笑容不是對我展露。

即使如此也好，因為阿透和真織，他們兩人的幸福就是我的幸福。

我希望他們兩人永遠幸福，希望他們能永遠互相歡笑。

但是……那傢伙突然就走了，溫柔的他被神明搶走了。

神明拋下我這種沒用的人，選擇無比溫柔的阿透。

如果他還活著，就能讓更多人展露笑容啊。

能讓真織展露笑容的啊。

而真織的病也能康復，他們可以成為普通的情侶。歡笑、喜悅，將來有天結婚生小孩，組成普通的家庭……

往事也會在將來成為笑話，孩子不知道他們兩人有過艱辛的過往，聽說了也會懷疑。但身為摯友的我，會告訴他們的孩子那是事實。

或許我偶爾會感到心痛。

即使如此，我還是能由衷祝福兩人幸福，可以衷心說出恭喜。

我明明應該會過上這樣的人生啊……

斷斷續續吐露出這些心思的我，最後用雙手摀住臉。

我知道哭也無濟於事，這世界總是自說自話地給予後又剝奪。

感情和睦的雙親、初戀，甚至連人命。

就算哭泣，那些也不可能回來，毫無意義。
但就是因為無濟於事，那起碼讓我哭泣吧。
當我低著頭靜靜哭泣時，有人輕輕遞上東西給我。
我放下摀住臉龐顫抖的手，嚇了一跳。
宛如我過去曾經看過的……很是耀眼的東西。燙得平整乾淨的手帕，就跟重視衛生感的透拿的手帕一樣……
「我不能取代神谷透先生嗎？」
成瀨垂下雙眉，微笑著對接過手帕的我如此說。
他總是很溫柔，而我卻為了想忘記阿透和他交往。
但我絕對不對成瀨開口喊「阿透」，我心中的阿透只有神谷透一人，甚至覺得除此之外不能存在其他人。
「我，我……」
「或許很難立刻辦到，但我想要取代妳最喜歡的神谷先生。我過去認為自己一無所有，但我現在有了可以很有自信直言這就是自己的東西了。」
大概是拿到得獎這項榮光，他的眼睛充滿自信，對自己沒有分毫懷疑。

成瀨又繼續說下去：

「我喜歡學姊的心情絕不輸給任何人，我自認為也絕不輸給神谷先生。在我挑戰參賽時發現了，這就是我真正想得到的，僅屬於自己的東西。」

一股痛楚從心胸深處浮上來。

從來不曾有人如此喜歡我。

不管我有多喜歡，阿透喜歡的都是真織，我的愛意無法有結果。

「但我對神谷……我現在還是喜歡阿透……我知道他已經不在了，我也知道得忘記他才行，但是我好痛苦，沒辦法立刻忘記。」

「為什麼需要忘掉？」

「咦？」

「學姊不想要忘記神谷先生，對吧？」

「才沒、那回事，我、我……得要、忘記才行。」

「沒有這個必要，沒有必要勉強自己忘記無法忘懷的事情。不對，不忘掉也沒關係，因為——」

沒有必要勉強自己忘記無法忘懷的事情。

在這句話擊中我心之時，成瀨仍溫柔地加深笑容。

「因為學姊……曾經深愛過神谷透先生啊。」

我的思緒中斷，腦袋中出現空白。

無限潔白，或者是透明，阿透的笑容就在這片空白中浮現。

成瀨剛剛說了什麼？他說我深愛阿透？

「學姊愛過神谷先生對吧，妳把他看得比自己還重要。而在他過世之後，妳現在仍然痛苦，但我認為妳其實不需要感到痛苦。說些很自以為是的話真的很對不起。神谷先生確實已經過世了，但他現在也還在學姊心中。」

愛這個字的意義……我不明白。

我無法相信我不曾感受過的東西，不曾感受過的東西就不存在。

單純只是表現用的詞彙，我至今如此深信。因為在我的人生中，從來不曾與這個字有任何牽扯啊。

但，其實並非如此嗎？我曾經接觸過這個嗎？

我回想起高中時的過去，自己找到的東西。

我喜歡真織，喜歡阿透。好喜歡相伴左右的他們兩人，想要重視他們更甚於自己。

那是我心中唯一一個純粹的美好事物。

現在，我知道這事物有名字，成瀨把這告訴我了。

這個詞自然收進我胸中，伸手一摸，溫暖漸漸擴散。

阿透的身影無聲無息浮現。

我笑了。邊哭邊笑。我認同了這件事，且終於理解了。

原來我愛著阿透。

什麼嘛，原來是這樣，全部只是這麼單純。為什麼我沒有發現如此簡單的事情呢。

「愛」早已準備在五十音的開頭兩個字了啊。

我以為我是為失戀而苦，如果是失戀就得遺忘才行。不能永遠被束縛下去。

但我搞錯了，我是因為失去深愛之人而痛苦。

理所當然會痛苦，因為我可是全心全意喜歡著那個人啊，因為他是比自己更重要的人。

淚流不止，阿透令我無比愛戀。

我愛過阿透，比誰都更深愛他。

雖然他已經過世了，但我沒必要忘記這份心情、忘記他。

「我可以……不忘記阿透啊。」

我沒擦拭從眼中滾落的東西輕語，成瀨對我微笑。

「可以。」

「你沒騙我吧？」

「我沒騙妳。」

「我總是沒辦法得到真正想要的東西，就算得到了最後也會失去。感情和睦的雙親，初戀的對象，還有喜歡的人們的幸福……但是，我真的可以嗎？可以愛阿透，可以把這份感情一直握在手中，對吧？」

「可以，這不是理所當然的嗎。」

這句話讓我如稚兒般安心了。

而「安心」也是我以為自己已經失去的東西。在我小時候失去，因為阿透過世而從我手中流逝，我以為我再也不可能重拾的東西。

但並非如此，世界不只從我身上剝奪，也賦予我。

相逢，心意，以及愛戀。這全部，世界不只是剝奪，也同時賦予我。

反過來說，其實有好幾個璀璨的美麗事物。

發現這件事的我，在他面前哭得跟年幼孩童沒兩樣。

那是沒讓離開的父親，也沒讓深愛的阿透見過的，我軟弱的一面。

敬啟者，
致親愛的妳

時間會讓人迷糊。

發誓絕不會忘的事情，也會隨著時間逐漸淡忘。

反之，感覺不可能遺忘的痛楚與悲傷，時間也能將之淡化。

在這之中，也有深刻心中不會變得模糊的東西，那就是……

過完暑假的那天，我為了逃離炎熱與日曬而躲在圖書館後的長椅上。

在陰影底下不起眼的大學一角也有早晨的招呼吆喝，放完暑假後重逢的人們開心談笑，走過我面前的道路。

我看著這幅光景，發現有個腳步聲朝我這邊跑來。

那令人懷念的聲音在我附近停下。

「綿矢學姊早安。」

是這一年沒在學校裡見到的笑容，成瀨邊微笑邊向我問早。

「成瀨早安，今天也好熱喔。」

「就是啊，因為太熱了，我決定今天要去超商買冰吃。」

「不錯耶，你喜歡哪種冰？」

「我還滿喜歡做成霜淇淋造型的那種冰。」

彷彿昨天才剛見面般對話時，又有好幾個人從我們身邊經過。

「咦？這不是成瀨嘛，好久不見耶。」

似乎是成瀨的朋友，成瀨聽到有人喊自己的名字轉過頭去回應，那些朋友們走到成瀨身邊來。

「話說回來，成瀨你是不是有點不同啊？」

「咦？啊～我也不知道耶，我做了不少苦力，可能長了點肌肉吧。」

「苦力……那個，你之前說的狀況已經解決了嗎？」

「嗯，託大家的福已經沒事了，我已經辦好手續，從今天開始復學。」

他們體貼著成瀨也親切和他對話，成瀨也配合他們笑。

成瀨沒對大學同學說他這一年做了什麼事情，而且他用神谷透的名字參賽，所以沒人發現，大概也沒想到吧。

但只有我知情，知道他這一年做了什麼，知道他抓到了什麼。

「告白的回覆，可以別馬上回答你嗎？」

頒獎典禮那天，我們在大廳聊完後，我如此對成瀨說。

因為我丟臉哭得唏哩嘩啦，也完全無法好好整理思緒。

即使如此，我也答應他一定會回應。

「沒有問題，不管多久我都願意等。」

隔天，我和阿透姊姊在都內的咖啡廳裡見面。

我把和成瀨在祝賀會後聊的事情，以及與之相關的過往經緯全向姊姊坦白，包含成瀨傾心於我的事情在內。

「我沒想到我竟然有天得聽妹妹對我放閃啊。」

姊姊放下手中的紅茶，如此說著朝我微笑。

「什麼？不、不是，不是妳想的那樣。」

「開玩笑啦。」

「……討厭啦。」

我們在這和睦的氣氛中相視而笑，阿透剛過世時完全無法想像能這樣，當時的我看見這幅光景肯定會很驚訝。

「那個，然後我啊……我決定不勉強自己忘記透同學，不對，是不勉強自己忘記阿透了。」

接下來，我把自己心情的變動，以及對阿透心意的變化全部化作語言。

雖然覺得很不好意思，但我覺得可以對姊姊坦白，我想對姊姊說。

「小泉妳找到重要的東西了呢。」

姊姊聽完後表情溫柔地回應我，她輕笑繼續說：

「對我來說，悲傷是需要遺忘的東西。不對，應該是只能遺忘。但妳從悲傷當中發現了什麼新事物吧。」

「沒有那麼了不起，只是……我很重視阿透，然後我發現了這件事情的重要性。我發現就算阿透過世了，也無損我想重視阿透的心情，這份心情也不會改變。」

當心愛之人死去時，對這個人的心意與感情到底該如何是好？

或許我是對這件事迷惘吧。

但這份心意和感情不需要失去，也無須悲嘆失去。

因為那確實存在。

存在的東西不會消失，只要承認就好，只要就這樣珍惜著就好。

對姊姊來說，我說出口的話可能很孩子氣。即使如此，姊姊仍很認真地聽我說話。

「如果妳現在寫小說，應該會寫出不同的東西吧。」

「不同的東西嗎？」

「對，小說這東西算是某種，描寫從怎樣的視點來眺望主角世界的東西。就算故事的種類有限，人的視點卻是無限的。我把這稱為文體，只要還有文體存在，我和妳喜歡的小說就不可能消失。」

在我對這段話呆傻之時，姊姊露出美麗且無比溫柔的微笑。

「在這樣的世界中，妳要寫出怎樣的小說呢？」

和姊姊聊完後，我當天傍晚回到自己居住的城市。

邊思考各種事情，靜靜度過剩餘的暑假。

新學期開學後，成瀨回到學校來，若無其事地來找我打招呼，而我也自然回應他。

成瀨受到許多人喜愛，很多人都很開心他回到學校來。

成瀨也回到我的日常生活中，說要慶祝他復學，在他的高中學長也是我的同班同學邀約下，包含成瀨在內的幾個人一起到居酒屋喝酒。

成瀨現在在我面前已經不會慌張了，只是沉穩地靜靜微笑。

他脖子上偶爾會掛著他愛用的相機，當他在大學校園裡拍照時，認識他的學生就會靠近他。

說了幾句話後，成瀨拿起相機朝他們擺好架式。

大家在成瀨面前都在笑。

「啊，綿矢學姊！」

在我看著這幅光景時，他發現了我。對他拍照的人打聲招呼後，跑到我面前來。

「你不需要用跑的也沒關係啊。」

「因為我看見妳很開心啊。」

「你真是的。」

就這樣，我和成瀨說話時突然發現一件事，手不禁抵著臉頰。

「學姊怎麼了嗎？發現什麼有趣的事情嗎？」

我搖搖頭，笑著說「沒什麼」。

在東京和姊姊喝茶的那天，姊姊最後告訴我一件事。

『這麼說來，以前啊。』

是阿透生前的往事。

在姊姊拿到芥河賞之前，阿透偶然在舉辦簽名會的書店裡和姊姊重逢。阿透那天原本預定要和我們一起去水族館玩，最後把真織交給我之後去和姊姊見面說話。

姊姊說，阿透當時有對姊姊坦言他有了真織這個喜歡的人。

當姊姊對他說要好好珍惜真織時，他這樣回答：

『嗯，我會的，不僅是珍惜她，我也會努力讓自己能這樣活著，我會加油的。』

讓自己能這樣活著……

聽到這段話時，我不禁百感交集，因為阿透就是這樣活著啊。

如果只是暫時珍惜，或許任誰都能辦到。

但人生會持續下去。原本想要珍惜的事物，極有可能在某天無法繼續珍惜。因為所有事物毫不留情地不停變動，甚至幾乎教人悲傷。

在這之中，阿透不是只有暫時。

他用他的人生珍惜真織，他讓自己那樣活著。

正因為如此，才會拜託我如果有個萬一，把他從真織的記憶中抹去。

我現在在大學裡回想起這件事，想著我也想要那樣活著。

我能辦到嗎？能像他一樣珍惜對方嗎？

除了阿透以外，我可以找到這樣的對象嗎？

……或許，我早就已經找到這樣的對象了。

就在尚未回應成瀨告白的狀況下，季節逐漸往秋天移轉。

就業活動的空檔時間裡，我身穿便裝坐在校園內的長椅上時，有人出聲喊我。

「綿矢學姊妳好。」

是成瀨。他一如往常找到躲在人煙稀少處的我，跑來打招呼。他問我能不能坐我身邊，我點點頭。

說些稀鬆平常的閒話家常，之後一起看天空。

「學長姊們已經到了要具體思考就業的時期了呢。」

「你也快了啊，打算怎麼辦，要當專業攝影師嗎？」

「比起這個，雖然還不是很明確，但我想要從事支援攝影師的工作。感覺這類工作比較適合我。」

成瀨雖然得到攝影獎，但他似乎不打算當專業攝影師。

他說他想要把攝影當興趣繼續，也聽他說關於他師父櫻井先生這位攝影師的事情。我以前也聽他說過，櫻井先生好像是一位超級好人的怪咖。

「不管是誰在你眼中肯定都是好人。」

「或許是這樣呢，因為我很沒神經嘛。」

他笑著這樣說，他今天脖子上也掛著相機。

我沉默地注視著相機。

忘記迷惘也忘記遲疑……不對，這些東西早已不存在，我開口：

「欸，你用那台相機拍我吧。」

沒想到他大為驚訝。

「咦？不，這個……」

「又沒關係。」

「……我知道了。」

成瀨隨隨便便都願意替朋友拍照，但就是不願意拍我。

我也從來不曾主動開口要他替我拍照。

成瀨有點緊張地起身，邊移動邊尋找構圖，最後終於露出認真表情拿好相機。

「你要拍的時候要說一聲喔。」

「啊，好，那麼……我要拍了。」

下一個瞬間，輕快又帶有重量的快門聲響起。

我在他面前敞開自己，在能讓我安心的地方面前衷心微笑。

拍完照的成瀨呆然以對，確認好拍下的照片後，帶著驚訝表情看著我。

我站起身走到他面前，說著「有點冷耶」拉起他的手。

一年多前，我們在水族館約會時，我也曾碰觸這隻手。他過去纖細的手，現在感覺粗獷巨大。

「話說回來，要我和你交往也可以喔。」

我緩聲說完後，成瀨輕輕睜大眼。

「但是，我有條件。」

接著，微笑看著準備要說出玩笑話的我，問我：「請問是怎樣的條件呢？」

「你可以認真喜歡上我，因為我會喜歡上你，已經快要喜歡上你了。但取而代之，有一點你一定要遵守。」

我對他一笑，回想起至今經歷過的各種別離與邂逅，說出一個願望。

「絕對，要活得比我更久。」

原本微笑的成瀨倒吞一口氣後轉為認真表情。

我對著他繼續說。

但沒辦法好好說出口，我在發抖，即使如此仍努力張嘴。

「我很清楚……只要在心中就足夠了。但是啊，雖然是很理所當然，如果可以活著更好，我會更加、更加高興。所以拜託你，千萬別比我早死。今後也請讓我一直好好珍惜活著的你。」

這是我唯一的願望，唯一的條件。

希望他別比我早死。

他或許會覺得我很自私，或許完全沒辦法給我保證。

但我希望他發誓，希望他可以珍惜自己的生命。

希望他別拋下打從心底衷心對他微笑的人，深愛他的人。

強忍淚水的我整張臉扭曲得很醜，我不想讓他看見這樣的自己，不敢直視他。

即使如此，我也把心意傳達給他了，他溫柔握緊我的手。

「我從今天開始會攝取大量蔬菜。」

我不禁轉過頭看他，他表情很認真。

「不會挑食也會運動，多吃魚少吃肉，也會注意鹽分。」

說出口的話和認真表情對比很好笑，讓我差點失笑。

就連這種時候，成瀨仍然是成瀨，既單純又認真……

「我會努力絕對不會拋下妳一人，絕對、絕對。」

非常率直。

我自覺眼睛深處疼痛也對他微笑。

「也要去做健康檢查喔。」

半開玩笑如此說完後，他放柔表情笑了，回答「我會去做」。

接著像對待珍貴寶物般輕柔地抱緊我。

我的初戀，以及與我新的珍視之人相遇的故事，就到此結束。

無論怎樣的悲傷及淚水，都因為認識了真織與兩個阿透而有了回報，就是這樣的人生。

在成瀨懷抱中，我無比愛戀地在他頰上一吻。

接著想起過往回憶。

高中三年級結束的春天，阿透守靈夜那晚。

輪到真織上香時，她沉默地看著棺材中的阿透。守靈夜結束後，真織在會場幾乎昏倒，腳步不穩意識模糊。

阿透的姊姊和父親很體貼，讓真織在會場的其他房間裡休息。

我也擔心她陪在她身邊，想到應該要請真織的父母前來接她，便把真織託付給兩人後走出休息室。

為了不讓真織聽到太沉重的對話，我遠離休息室之後才聯絡真織母親。電話立刻接通，他們立刻就會來接真織。

我原本打算直接回休息室，但中途閃過一個想法。

我想要再見一次阿透。

或許已經移往其他地方了，或許沒辦法進入舉辦守靈夜的房間。

我邊這樣想著，前往尚未關燈的會場，會場的門沒有上鎖。

阿透還在那裡。

不對，在那裡的只有阿透的身體，靈魂不在這裡。阿透已經啟程遠行，原本是他的那東西如煙霧般消失，不會再次回到身體裡。

即使如此，我仍然走到第一個喜歡上的男性身邊。

阿透在棺材中閉著眼睛，原本白皙的臉孔更顯蒼白，心生憐愛，好想碰觸他，我的手忍不住貼上他的臉頰。

文化祭那天，自己的唇曾經撞上這張臉頰。

那不是故意的，只是偶然，但這一次……

雖然覺得對不起真織，我仍然無法阻止自己。

我一定會遵守阿透的遺言，絕對不讓真織發現阿透的死。之後所有事情，我也全部都會達成，我會好好保護真織。

所以……拜託。

我邊請求著誰的諒解，在阿透頰上輕輕一吻。

邊回想與心愛之人道別的那天，我緩緩睜開眼睛。視線中，成瀨很害羞地笑了。

守靈夜那天，嘴唇下阿透的臉頰冰冷得教人悲傷。

自己最喜歡的人變得冰冷，毫無動靜，已經不會再次睜開眼。我根本從未想像過這種事情。

這樣的我，正碰觸著溫暖之物。感受現在所愛之人與過去所愛之人的溫暖。

我想要相信這份確實感受到的溫暖。

與吻上阿透臉頰那時相同，一道淚水滑落。

而這淚水，也同樣溫暖。

就這樣，我和成瀨成為情侶，同時也和真織仍然是摯友。

真織邊念大學也邊拚命地想要回想起阿透。

但她也沒有輕忽自己的人生，邊享受著自己的人生，邊擴展自己的可能性，在此之上主動選擇要回想起阿透而努力。

我正式開始就業活動之後，也趁空繼續寫小說。成瀨的挑戰已經結束了，但我還持續挑戰中。

因為我發誓了有天要讓最愛的姊姊看見自己的小說。

我之後查詢的結果，之前投稿的作品在第二關被刷掉。邊參加就業活動的大三時投稿的作品闖進第三關。

得知結果時已經結束就業活動，隔年春天我從大學畢業，以社會新鮮人身分開始工作。

第一年一轉眼就過去了，社會人第二年的春天和真織一起去賞花。

出社會之後仍然會和真織見面，真織也在不知不覺中升上大四，和休學一年的成瀨同年級。

真織仍然努力回想阿透，靠著日記和我所說的話當線索，前往和阿透一起去的地方，做和阿透一起做過的事，拚命地想要想起阿透。

她就這樣持續面對自己，一點一滴想起阿透。

在真織邀約下看櫻花，邊開心對話邊漫步在櫻花大道上。這是真織和阿透第一次約會的地點，我們三人高中時也曾一起造訪。

就在賞花中，我真實感受到某件事。

輕輕閉上眼，試著在眼瞼中描繪阿透的模樣。阿透出現在黑暗中，但他的臉孔有點變淡了。很悲傷地，阿透正逐漸變成我的過去。

祈願著想忘記他。得知可以不須遺忘而落淚。

將這些事情全部包裹起來，時間毫不留情地向前邁進，把所有事物化成過去，沒有人可以停下時間，也沒辦法抵抗忘卻。

即使如此，人類仍然……能留下什麼，絕對不會忘記重要之事。

在我提起阿透的話題後，真織又回想起阿透新的回憶。在手邊的速寫本上畫下那個身影。

「我喜歡的他，已經……不在了。但那份記憶確實留在我心中。在我身體裡，在我心中沉眠。只要我想起來，我就能和他一起活下去。雖然沒辦法好好表達，但我認為那是類似希望的東西。這個世界會漸漸忘記他，忘記透同學，即使如此。」

真織面對自己，描繪出沒有留在照片，也沒留在影片中的阿透。

真織這模樣讓我感觸甚深，真織用心畫出阿透，把他留在畫中。

這是我辦不到的事情。

取而代之，我也有只有我能辦到的留下阿透的方法。

賞完花後，我回到家之後從頭開始寫小說。雖然二月已經投稿完畢了，但我無法遏止想寫新作品的慾望。甚至認為非得這麼做才行。

我要用自己的文體描繪阿透，因為這是只有我能辦到的事情。

隔年，我用這部小說第五次投稿，終於成功獲獎了。

花了五年，我終於達到「把自己的小說送到評審委員的姊姊身邊」的目標了。

成瀨進入相機製造商工作，當我向他報告我得獎時，他也替我開心。

我現在也還和他在一起，他所拍的「終冰」也在我手機裡。

成瀨把攝影當興趣繼續，他也把我介紹給他的學長也是朋友的攝影師櫻井先生。他們倆感情要好的跟小孩子沒兩樣，現在也常常見面。

雖然猶豫要不要告訴真織我得獎了，但最後決定付梓成書前先不告訴她。真織知道我成為小說家之時會露出什麼表情呢？她會替我高興嗎？

那年夏天頒獎典禮結束後，開始進行將得獎小說出版成單行本的工作。

接受責任編輯以及評審委員的姊姊的建議，進行刪改、修潤的工作。邊上班邊做這件事雖然辛苦，但這件事本身非常愉快。

就在秋高氣爽天氣晴朗的今天，我完成交稿所需的所有工作了。

最後只要把檔案寄送給責任編輯進行最後的內容確認就全部結束了。

存檔後，我回到小說開頭，沉默地面對著螢幕。

還有一件該做的事還沒做。

雖然沒和責任編輯商量過，但我留下一頁的空白。

我在這頁的正中央打上文字。

《將這本小說獻給已故的神谷透先生》

我注視著閃爍的游標，就算編輯允許這段話，或許也會要求我刪除下一段話吧。即使如此也沒關係，對我來說，這才是這本小說的完整形態。

我傾注這份心意繼續寫下去。

我要用自己的方法，今後也要繼續記得阿透，不會把阿透交給過去與忘卻。才不可能交出去。這是僅此一次的初戀，僅此一次的失戀。

我的傷，我的痛，我的淚，全部都是我的寶物，是閃耀光輝的美麗事物。

我不禁想起阿透，眼睛漸漸泛疼。

阿透過世之後，到底經過多少歲月了呢？

人的生命或許無常，如同點燃後絕對會熄滅的火，沒有一個人可以逃脫這份宿命。

但在這個過程中，人類都會留下溫暖之物。

在生命之火照耀下的我，現在也如此溫暖。
雖然阿透已經不在世界上了，但他確實存在我心中。
我有話想對這樣的阿透說。
阿透雖然已經不在眼睛可見的世界中，但我想對我心中的阿透說。
你活得很美。
我想對你說，你活得溫柔、溫暖，活得比任何人都美。
我打上最後一段文字。
看著完成的文章，拙劣的詞句讓我不禁失笑。
但我終於具體成形了，將阿透具體成形……

將這本小說獻給已故的神谷透先生。
致上友情、敬愛與尊敬，以及至高無上的愛。

後記

我偶爾會思考起曾經在自己心中，現在已經消失的東西。

那可能是對什麼事物的熱情，可能是習慣，可能是對他人的感情。

如果是自然消失的東西，還能看開，認為那是現在的自己不需要的東西。

但不是所有東西都是自然消失，可能因為環境變化或喪失對象，明明不願卻得被迫刪除。

那可能是專心致志的熱情，可能是深愛的習慣，可能是對他人的心意。

當被迫放棄想要珍視的事物時，人類到底該怎麼做才好。

失去心愛之人的少女在本作品中登場。也是一個她在失去了比自己還重要的人時，也發現了自己心中美好感情的故事。

只要我們活著，不管過著多平穩的生活都無法毫髮無傷。

即使如此，我認為即便失去了重要的事物，應該沒必要連喜歡、想要珍惜的心情也一併消除。

因為就算感覺消失了，失去了，也能用其他方法繼續留下。

以下，請容我致上謝辭。

本作品是《即使，這份戀情今晚就會從世界上消失》的相關作品，但也是我在執筆寫作上一個作品時已經想要具體成形的內容。

這也全託大家的福，讓這個故事得以問世，我非常高興。

和責任編輯的合作關係也變長了，今後也還請繼續指教。

在原著改編成電影版工作中參與的所有相關人士。

綿矢泉的故事得以出版，全多虧有大家盡力將作品改編成電影，與電影作品一起，讓我獻上最誠摯的感謝。

負責製作封面的 Koichi 老師，這次也非常感謝您製作出很棒的作品。

雖然現在很難直接與您見面，但請讓我在此致上感謝之意。

我第一次看見 Koichi 老師的作品，是在第二十六屆電擊小說大賞的頒獎典禮當天，頒獎典禮的約莫一小時前。和責任編輯商討得獎作品的封面時，他向我介紹了 Koichi 老師的作品，我表示「務必請這位老師幫忙」，我現在還記得很清楚。

在那之後，我的書總是與 Koichi 老師的照片左右相隨。

第二本作品也有幸請老師負責製作封面，而且相當感謝的，得獎作品和這個也被翻譯，書籍前往海外旅行了。

用一張照片表現故事的世界觀。留下重要的瞬間與感情。讓人展露笑容。

透過和老師的往來，我重新體認照片擁有的各種力量，深受感動，這次像這樣把照片當作小說的題材了。

將來有機會請讓我直接道謝，我非常期待可以直接見面的那天來臨。

最後，致拿起本書的所有讀者。

雖然是慣例的一句話，但即使字面相同，我的感謝之意總是全新的。

真的非常感謝您購買本作品。

沒有辦法親自向每一個人道謝，所以這次也請讓我在此向大家鞠躬道謝。

希望將來有機會能再與大家相見。

一条岬

國家圖書館出版品預行編目資料

即使，這道淚光今晚就會從世界上消失 / 一条岬 著；林于楟 譯.--初版.--臺北市：平裝本.
2023.7
面；公分. --（平裝本叢書；第0550種）
（@小說；063）
譯自：今夜、世界からこの涙が消えても

ISBN 978-626-97354-3-3 (平裝)

861.57 112008864

平裝本叢書第0550種
@小說063

即使，這道淚光今晚就會從世界上消失

今夜、世界からこの涙が消えても

作　　者—一条岬
譯　　者—林于楟
發 行 人—平　雲
出版發行—平裝本出版有限公司
台北市敦化北路120巷50號
電話◎02-27168888
郵撥帳號◎18999606號
皇冠出版社(香港)有限公司
香港銅鑼灣道180號百樂商業中心
19字樓1903室
電話◎2529-1778　傳真◎2527-0904
總 編 輯—許婷婷
執行主編—平　靜
責任編輯—黃馨毅
行銷企劃—蕭采芹
美術設計—單　宇
著作完成日期—2022年
初版一刷日期—2023年7月

法律顧問—王惠光律師

讀者服務傳真專線◎02-27150507
電腦編號◎435063
ISBN◎978-626-97354-3-3
Printed in Taiwan
本書定價◎新台幣320元/港幣107元